N&K

Martin Gülich

Was uns nicht gehört

Roman

Nagel & Kimche

Der Autor dankt dem Förderkreis deutscher Schriftsteller in Baden-Württemberg für die Unterstützung der Arbeit an diesem Buch.

1 2 3 4 5   16 15 14 13 12

Herstellung: Andrea Mogwitz und Rainald Schwarz
Satz: Gaby Michel, Hamburg
Druck und Bindung: Friedrich Pustet
ISBN 978-3-312-00538-3
Printed in Germany

FSC
www.fsc.org
MIX
Papier aus verantwortungsvollen Quellen
FSC® C014889

Für Zoë

I **Mein Leben** hatte ein paar Schrammen abbekommen. Nichts Arges, aber doch genug, um mich ein wenig aus dem Tritt zu bringen. Sonja sagte, sie habe das alles kommen sehen, aber das sagte sie immer, wenn etwas Unvorhergesehenes passierte. «Siehst du», sagte sie dann, «was habe ich dir gesagt», und wenn ich sie darauf hinwies, dass sie nichts dergleichen je auch nur erwähnt habe, winkte sie ab und sagte: «Ach, du wieder.» Das waren unsere Gespräche.

Ihre Trennung von mir hatte Sonja hingegen in der Tat angekündigt. Siebeneinhalb Jahre, hatte sie gesagt, seien genug, aber da ihr schon sechs und fünfeinhalb zu viel gewesen waren, hatte ich sie nicht weiter ernst genommen. So wenig wie die Trennung selbst in der Woche darauf. Sie kramte ihre Sachen zusammen, die sich in meiner Wohnung angesammelt hatten, und küsste mich zum Abschied auf den Mund. «Nicht traurig sein», sagte sie, «let's keep in touch», und ich wusste nicht, worüber ich mich mehr ärgerte, über ihre Anweisung meinen Gefühlshaushalt betreffend oder die alberne englische Phrase.

Wir sahen uns zwei Wochen nicht, dann schliefen wir wieder miteinander. Sonja sagte, das habe nichts zu bedeuten, schon gar nicht, dass wir jetzt wieder zusammen seien. Was ich darüber dächte, sei natürlich mir überlassen, wie im Übrigen auch alles andere. Insbesondere, ob ich weiter mit ihr Sex haben wolle, nicht jeder könne das eine vom anderen trennen. Sie freilich schon, das habe sie jetzt, da unsere Liebe vorüber sei, zum ersten Mal gemerkt. Ich ließ Sonja eine Weile reden, dann wandte ich mich wortlos ab und ging ins Badezimmer. Ich ließ mir ein Bad ein und blieb in der Wanne, bis ich im lauwarmen Wasser bereits zu frösteln begann. Draußen hörte ich die Wohnungstür, ein wenig lauter als nötig, aber letztlich war ich Sonja dankbar, dass sie den Abend auf ihre Weise beendete.

Am nächsten Morgen beorderte mich mein Chef in sein Büro. Er bat mich, Platz zu nehmen, und ließ uns Kaffee bringen. Bernd Kremer war der einzige verbliebene Eigentümer von Walter & Kremer, die einmal eine Nummer im Geschäft mit Kartonagen gewesen waren. Seit einiger Zeit allerdings gingen die Absätze rapide zurück, wofür niemand eine wirkliche Erklärung fand. Am wenigsten Kremer, der von seinen Kartons überzeugt war wie am ersten Tag.

«Das ist immer noch Qualität», hatte ich ihn erst jüngst auf dem Flur zu Loos, dem Leiter der Werksicherheit, sagen hören, «stellen Sie mir zehn in eine Reihe, und ich finde Ihnen mit verbundenen Augen den einen von uns heraus.»

Dazu hatte er sich den Zeigefinger geleckt und ihn in die Luft gehalten, eine Geste, die ich nicht verstand.

Loos nahm mich am Mittag in der Kantine beiseite und raunte mir zu, Kremer werde langsam komisch. «Wenn du mich fragst», flüsterte er, «ist er das Problem.»

Ich streckte meinen Zeigefinger in die Luft und sagte: «Zehn in einer Reihe», und kam mir schon im selben Moment schäbig vor. Loos freilich lachte, als hätte ich den Witz des Jahres gerissen, und ich glaubte mich zu erinnern, dass ich ihn noch nie hatte leiden können.

Ich hatte vor sieben Jahren bei Walter & Kremer in der Buchhaltung angefangen und saß dort noch immer. Kremer selbst hatte mich seinerzeit eingestellt. In einem umständlichen Gespräch hatte er mir die Strukturen der Firma erklärt, von denen ich nur soviel verstand, dass das Verhältnis zu den Brüdern Walter nicht eben ungetrübt war. Kurz darauf waren sie ihre eigenen Wege gegangen, und wie es aussah, hatten sie dabei keinen schlechten Schnitt gemacht. Sie hatten im Osten der Stadt eine neue Firma aufgebaut, die sich auf Kleinstkartonagen spezialisiert hatte, und nach allem, was man hörte, liefen ihre Geschäfte prächtig.

Kremer war ein weicher Mann, dem Entscheidungen schwerfielen, vielleicht mochte ich ihn deswegen. Angetrunken hatte er mir auf einem Betriebsfest anvertraut, dass er bisweilen schon beim Anblick des Fernsehprogramms verzweifle, im Supermarkt sowieso, manchmal, hatte er mit leiser Stimme gesagt, gehe er einfach ohne Einkäufe wieder hinaus.

«Wie ich», erwiderte ich, «genau wie ich», dabei war ich noch nie ohne Einkäufe aus einem Supermarkt gegangen, aber einem plötzlichen Impuls folgend, wollte ich Kremer etwas Gutes tun.

Er sah mich lange an. Ein wenig verwundert, ein wenig aber auch wie einen alten Freund.

«Ach, Epkes», sagte er schließlich und klopfte mir zum wiederholten Mal an diesem Abend auf die Schulter, «wir sind aus einem Holz.» Kurz darauf war er eingeschlafen.

Das alles war vier oder fünf Jahre her, und seitdem hatte sich Kremer nie mehr in solcher Weise vor mir aufgeknöpft. Vielleicht war ihm seine Vertrautheit im Nachhinein peinlich gewesen, aber vermutlich lag es allein daran, dass ich seither auf keins der Betriebsfeste mehr gegangen war. Nicht Kremers wegen oder doch Kremers wegen, so ganz war ich mir nicht im Klaren darüber.

Kremer schenkte mir Kaffee ein.

«Milch, Zucker?», fragte er, und an seinen ungeschickten Bewegungen erkannte ich, dass er nervös war.

Er lehnte sich auf seinem Sofa zurück, werkelte sich aber schon Sekunden später wieder vor zur Sitzkante.

«Epkes», sagte er, «Sie wissen, was Outsourcing bedeutet.»

«Natürlich», erwiderte ich, «jeder weiß das.»

Kremer nickte. «Gut», sagte er, «das ist gut.»

Er schwieg eine Weile, dann griff er nach seinem Kaffee und nahm ein paar kleine Schlucke. Als er seine Tasse wieder absetzte, nickte er mir ein weiteres Mal zu oder an mir vorbei, ich selbst war nicht mehr ganz bei der Sache. Im Grunde wusste ich, auf was das Ganze hier hinauslief. Ich schaute zum Fenster. Kremers Zimmer war mit einer Jalousie abgedunkelt. Einzelne Lamellen waren verbogen und gaben den Blick frei auf ein paar Bäume, von denen einer krank war. Einige Äste waren völlig entlaubt, das Holz überzogen mit weißen Placken, die an manchen Stellen bereits die Rinde aufzufressen schienen. Vielleicht, so dachte ich, hatte der Baum Krebs. Rindenkrebs. Zwar hatte ich noch nie von etwas Derartigem gehört, aber das musste nichts heißen. Von den meisten Dingen hatte ich noch nie etwas gehört, auch von solchen, von denen ansonsten jeder schon einmal gehört hatte. Erst kürzlich hatte ich in der Zeitung gelesen, dass Willy Brandt tot war. Seit neunzehn Jahren. Nicht dass ich mir Willy Brandt irgendwann in den letzten neunzehn Jahren einmal lebend vorgestellt hatte, aber ich hatte einfach nicht mitbekommen, dass er gestorben war. Oder ich hatte es doch mitbekommen, in der Zwischenzeit aber wieder vergessen, ein Gedanke, der mich auf der Stelle noch mehr beunruhigte. Es gab in meiner Familie einen gewissen Hang zur Demenz, die sich wie ein riesiger Krake alles griff, was in ihre Reichweite kam. Zuletzt meinen Vater, der unterdessen nur noch seinen Hund erkannte, oder nein: der in jedem Hund seinen Hund erkannte, ganz gleich ob Dackel oder Schäferhund, aber das alles machte aus ihm, wie es schien, keinen unglücklichen Menschen. Im Gegenteil: Alles Nörgelnde, Bevormundende, Cholerische und Egomanische, das sein Leben immer fest im Griff gehabt hatte, war von ihm abgefallen, und an manchen Tagen wünschte ich mir, seine Demenz hätte schon zwanzig Jahre früher begonnen.

Ich sah zurück zu Kremer, der in seinem Kopf erkennbar noch immer nach Worten kramte. Er rührte mit dem Kaffeelöffel in seiner Tasse, obwohl es dort schon lange nichts mehr zu rühren gab. Erst jetzt sah ich, dass vor ihm auf dem Tisch eine Mappe lag, die meinen Namen trug.

«Der Baum», sagte ich und deutete zum Fenster, «der wird nicht mehr.»

Kremer sah mich an und hörte auf zu rühren. Schließlich ließ er den Löffel los und faltete die Hände wie zum Gebet.

«Mein Gott, Epkes», sagte er leise, «Sie wissen doch, dass mir so was nicht leichtfällt.»

«Wie lange noch?», fragte ich.

«Ich zahle Ihnen acht Monatsgehälter Abfindung, das ist mehr, als Ihnen ein Gericht geben würde.»

«Sofort?»

Kremer nickte. «Ja, sofort.»

Ich stand am Fenster meiner Wohnung, wie ich es nun häufig am frühen Abend tat. Draußen dümpelte ein müder Juli vor sich hin, und obwohl der Wetterbericht nicht nachließ, Optimismus zu verbreiten, glaubte niemand mehr daran, dass der Sommer noch zu retten war. Auf einem der Balkone gegenüber sah ich, wie eine Frau ihren Mann ohrfeigte, ein Streit, der sich schon Sekunden später in einer ungelenken Umarmung auflöste. Ein wenig bedauerte ich es, dass die Auseinandersetzung, die so vielversprechend begonnen hatte, nicht wenigstens ein bisschen eskalierte. Dabei war mir nicht klar, was genau ich mir eigentlich wünschte. Vermutlich weitere Schläge der Frau, die, ich zweifelte nicht daran, den Richtigen trafen. Ich kannte den Mann vom Jedermann-Tischtennis, wo er immer ein wenig größer tat, als er in Wirklichkeit war, und gerne gegen Frauen antrat, denen er gönnerhaft ein paar Angabetricks verriet. Ein einziges Mal hatte ich gegen ihn gespielt und überraschend deutlich verloren, vielleicht war auch das der Grund, warum ich ihm ein paar Schläge mehr wünschte.

Durch das gekippte Fenster schwappte ein wenig Feierabendlärm in die Küche, die Stadt roch nach Anis und alten Menschen. Vom Fenster konnte ich bis zum Fluss sehen. Ein Stückchen nur, genaugenommen nicht mehr als ein paar Meter der gegenüberliegenden Uferlinie, Meter, die zudem mit einem still vor sich hin rostenden Frachtkahn zugestellt waren. Dennoch war ich davon überzeugt, dass mein Flussblick etwas Besonderes war, und auch wenn ich im Laufe der Jahre niemanden erkennbar damit beeindruckt hatte, wurde ich nicht müde, ihn in Gesprächen zu erwähnen.

Im Grunde konnte ich mir die Wohnung nach meinem Rauswurf bei Walter & Kremer nicht mehr leisten. Gewiss, ich hatte noch ein paar Monate Abfindung vor mir, aber ich kannte mich und meine gelegentliche Lethargie, und ich kannte die Zeit, die acht Monate schneller auffressen konnte als ein Schwarm Piranhas ein angekratztes Bein. Keineswegs hatte ich mir diesen Zustand erträumt, aber nun, da ich mich in ihm befand, schien er mir auch nicht schlechter als andere, die ich in meinem Leben durchlaufen hatte. Das zumindest trug ich mir bisweilen in Gedanken vor, insbesondere dann, wenn Sonja neben mir lag. Sonja schien diese Gedanken zu erraten. Mehr als einmal sagte sie Dinge wie «auch nicht schlecht, so ein Leben» oder «ausschlafen wie Epkes», auf die ich vorsichtshalber mürrisch reagierte. «Ach, du wieder», sagte sie dann und lachte, und weiter sprachen wir nicht darüber.

Sonja bestand nach wie vor auf unserer Trennung und brüstete sich, dass sie in der Zwischenzeit zu einer Art Sex-Maniac mutiert sei, dabei hatte sie, wenn ich sie richtig verstand, nur einen weiteren Mann, mit dem sie sich gelegentlich traf.

«Und du», fragte sie, «wie sieht's bei dir aus?»

«Zwei, drei», erwiderte ich, «nichts Ernstes», und ich sah, wie sich Sonjas Gesicht verfinsterte.

«Lass das», sagte sie, «das ist nicht lustig.»

«Manchmal», sagte ich, «komme ich schon mit den Namen durcheinander. Sinja, Sonja, Ronja, Dunja, morgen treffe ich eine Svenja.»

Sonja rollte ihren fülligen Körper von mir weg und sah mich an.

«Ich glaube dir kein Wort.»

Eine Weile erwiderte ich ihren Blick, dann schloss ich die Augen. Ich tat, als träumte ich ein wenig von Sinja, Ronja oder Dunja, und hörte, wie Sonja ihre Decke zur Seite schob und sich aufsetzte, kurz darauf, wie sie den BH am Rücken schloss.

«Lass dich überraschen», sagte sie, «aber viel würde ich an deiner Stelle nicht darauf wetten, dass ich hier noch einmal auftauche.»

Ich öffnete die Augen und erkannte an jeder von Sonjas Bewegungen, wie aufgebracht sie war. So recht war mir nicht klar, womit ich sie derart in Rage gebracht hatte. Mein Witz war vielleicht ein wenig müde gewesen, aber dass sie ihn für bare Münze nahm, konnte ich mir beim besten Willen nicht vorstellen. Vielleicht, so dachte ich, waren es die Namen, die ich erfunden hatte. Sonja hasste ihren Vornamen, den angeblich sonst nur Kühe oder Ponys trugen. Gut möglich, dass sie glaubte, ich habe sie mit ihrer Sonja-Phobie auf die Schippe nehmen wollen, ein Gedanke, der zugegebenermaßen nicht ganz abwegig war.

Sonja ging und meldete sich eine Weile nicht mehr bei mir. Ich begann sie zu vermissen, oder ich begann, den Sex mit ihr zu vermissen, der mir wichtiger geworden war, seitdem sie sich von mir getrennt hatte. Früher hatte er eine gewisse Folgerichtigkeit gehabt und war einfach Teil unseres Zusammenseins gewesen. Jetzt, da wir nichts anderes mehr miteinander teilten, hatte er in meinen Gedanken eine bizarre Größe eingenommen. Dabei hatte sich unser Sex unter den neuen Gegebenheiten eigenartig verwandelt. Er war roher und gleichzeitig kraftloser geworden. Sonja flüsterte mir obszöne Dinge ins Ohr, die sie früher nie gesagt hätte und die mir auch jetzt nicht zu ihr zu passen schienen. Ich wiederum versuchte, Sonja so mit meinem Körper zu bearbeiten, dass ich sie während des Aktes ganz unter meiner Kontrolle hatte. Auch das passte nicht. Wir vermieden es, darüber zu sprechen, aber ich war mir sicher, dass uns bisweilen beiden danach war, einfach mittendrin aufzuhören. Aufzuhören und schweigend nebeneinander zu liegen, vielleicht sogar dabei einzuschlafen, etwas, das wir uns gänzlich abgewöhnt hatten. Vermutlich, weil wir uns der Intimität des gemeinsamen Aufwachens nicht mehr aussetzen wollten, wollten oder konnten, so leicht war das nicht auseinanderzuhalten.

In der Tat bemühte ich mich, es Sonja gleichzutun und andere Frauen anzusprechen, aber all meine Versuche waren so hölzern, dass ich es nicht schaffte, auch nur eine einzige zu einer gemeinsamen Tasse Kaffee zu überreden. Eine immerhin meldete sich am Tag darauf, um sich mit mir zum Spazierengehen zu verabreden, aber als ich begriff, dass sie mich nur aus Mitleid angerufen hatte, gab ich vor, krank zu sein, und legte auf.

Ich versuchte, meinen Tagen eine Struktur zu geben, und vermied es, länger als neun Uhr zu schlafen. Neun Uhr, so schien es mir, trennte die Ausgeruhten von den Hoffnungslosen, und ich hatte nicht vor, mich allzu leichtfertig in die falsche Schlange einzureihen. Obwohl es mich jedes Mal 7,50 Euro kostete, frühstückte ich regelmäßig im Café. Das, so fand ich, gab meinem Leben eine gewisse Größe. Zudem achtete ich darauf, jeden Morgen ein frisches Hemd anzuziehen, das ich jeweils am Abend zuvor während der Tagesschau bügelte. Wer mich nicht kannte, musste mich für einen Schriftsteller oder einen Künstler oder wenigstens für einen Privatier halten.

Ich wählte für mein regelmäßiges Frühstück ein Café, in dem ich nie zuvor gewesen war. Vielleicht war das *Hornstein* nicht von der Sorte, in der Schriftsteller, Künstler und Privatiers verkehrten, aber nicht zuletzt deshalb hatte ich es gewählt. Schon nach wenigen Tagen genoss ich eine gewisse

Prominenz und bekam mein Frühstück serviert, ohne es eigens bei der Bedienung bestellen zu müssen. Mehr noch: Ab der zweiten Woche war auf zehn Uhr für mich gedeckt, ein Tisch am Fenster mit Blick in den Garten, in dem sich ein paar Enten an einem Teich langweilten und auf ihren Futtermeister warteten, einen Vietnamesen aus der Küche, der pünktlich um elf einen Eimer mit Essensresten zwischen sie kippte und so Leben in ihr Gefieder pumpte.

Bis zu meinen Frühstücksbesuchen im Café Hornstein hatte ich Enten immer für liebenswerte und zivilisierte, an manchen Tagen gewiss sogar für süße Geschöpfe gehalten, nun wusste ich es besser. Sie fielen über die Essensreste her, als gäbe es kein Morgen, und hieben mit ihren Schnäbeln auf alles ein, was ihnen dabei in die Quere kam. Der Vietnamese schaute dem Treiben eine Weile ungerührt zu, bevor er den Eimer stets auf die gleiche Weise gegen seine Brust drückte und wieder in der Küche verschwand. Schnell hatte ich raus, welche der Enten mehr vom Essen abbekamen und welche hungrig auf den nächsten Morgen warten mussten, einen Morgen, der sie wieder nicht satt machen würde. Ich hatte ein paar kommunistische Gedanken, wie sie mir öfter in den Sinn kamen, wenn ich mich mit der Ungerechtigkeit der Welt konfrontiert sah. Beim Anblick von Windhunden etwa oder wenn ich in einer Zeitschrift etwas über Strandbars auf Sylt las, aber allermeist lösten sich solche Anflüge rasch in Wohlgefallen auf. Wie auch der Krieg der Enten, der keine fünf Minuten dauerte. Dann war der Inhalt des Eimers vertilgt, und die alte Langeweile kehrte an den Teich zurück, ich zahlte und ging.

Zweimal in der Woche besuchte ich nach dem Frühstücken meinen Vater. Obwohl das Pflegeheim am anderen Ende der Stadt lag, ging ich zu Fuß. Aus dem müden Juli war längst ein heißer August geworden, und weil ich ein bisschen in Form bleiben wollte, war mein Hemd regelmäßig völlig durchgeschwitzt, wenn ich bei meinem Vater ankam. Er sah mich und freute sich, wie er sich über ein Stück Birne oder einen Löffel Hustensirup freute, da machte er keine Unterschiede. Ich versuchte mir einzureden, dass mein Vater im tiefsten Inneren vielleicht doch noch irgendwelche Erinnerungen an mich aufbewahrte. Etwa die an unsere einzige gemeinsame Zelttour im Harz oder daran, dass wir einmal zusammen im Schwimmbad vom Fünfmeterturm gesprungen waren und der Bademeister uns dafür noch im Becken zusammengestaucht hatte. Und wenn nicht daran, dann an irgendetwas anderes, an einen Streit, an eine Ohrfeige, von mir aus sogar daran, dass ich ihn kurz vor meinem Auszug einmal einen «Vaterarsch» oder einen «Arsch von Vater» genannt hatte, ich selbst erinnerte mich nicht mehr so genau.

«Sehen Sie es so», hatte Dr. Janson, der Heimarzt, ein warmherziger Mann um die fünfzig, einmal zu mir gesagt, «er hat allen Ballast abgeworfen, er braucht nichts mehr davon», und so sehr mir sein Bild meines ganz leicht gewordenen Vaters gefallen hatte, so wenig war ich bereit, mich damit abzufinden.

Manchmal lieh ich mir, bevor ich auf sein Zimmer ging, am Empfang Momo, den Besuchshund, aus, der vom Haus vor einiger Zeit eigens zu diesem Zweck angeschafft worden war. Dann gab es für meinen Vater kein Halten mehr.

«Pschorri», rief er, «mein lieber Pschorri», und wenn es Momo gut mit ihm meinte, dann sprang er meinem Vater auf den Schoß und ließ sich von ihm umarmen, bis er keine Luft mehr bekam.

Der wirkliche Pschorri war bereits vor mehr als zwanzig Jahren einen gnädigen Tod gestorben. Altersschwach, wie er war, hatte er sich am Abend in seinen Korb zum Schlafen gelegt und war am nächsten Morgen einfach nicht mehr aufgewacht. Pschorri wurde noch am selben Tag in Anwesenheit aller greifbaren Familienmitglieder im Garten zu Grabe getragen. Mein Vater weinte, wie ich ihn noch nie hatte weinen sehen und wie ich ihn auch später nie wieder weinen sah, noch nicht einmal beim Tod meiner Mutter im Jahr darauf. Nach Pschorri gab es keine weiteren Hunde im Leben meines Vaters, wie es nach dem Tod meiner Mutter keine anderen Frauen mehr für ihn gab, und vielleicht war diese Treue das Einzige, was ich an meinem Vater still bewunderte. Kurz bevor er begann, sich in seine Demenz zu verabschieden, hatte er sich allerdings noch einmal einen Wellensittich zugelegt, einen Piffi oder Tiffi, an dem er freilich schnell das Interesse verlor, und der, wie ich mit ziemlicher Sicherheit annehme, einen erbärmlichen Hungertod gestorben ist. Ein Begräbnis für Piffi oder Tiffi gab es nicht und vermutlich auch keine Tränen, «Ach, der», hatte mein Vater nur gesagt, als ich in der Küche auf den leeren Käfig gedeutet hatte, und weiter sprach er nicht darüber.

Wenn ich meinen Vater zusammen mit Momo besuchte, ging ich meist nach wenigen Minuten auf den Balkon und ließ die beiden allein, bis meine Leihzeit nach fünfundvierzig Minuten abgelaufen war. Manchmal hörte ich meinen Vater drinnen vor Freude glucksen, wie er in seinem nichtdementen Leben selten vor Freude gegluckst hatte, und wenn doch, dann war ganz bestimmt nicht Pschorri der

Grund für seine plötzliche gute Laune gewesen. Im Grunde gönnte ich meinem Vater diese Freude nicht und beschloss jedes Mal aufs Neue, Momo nicht mehr mitzubringen, aber dann überlegte ich es mir doch wieder anders und trug mich am Empfang in Momos Leihkarte ein, die vom zahlreichen Einsatz an den Rändern ganz abgegriffen war. Auch Momo selbst war an den Rändern bereits ein bisschen abgegriffen. Die vielen Tätschelhände hatten ihre Spuren hinterlassen, und wahrscheinlich träumte Momo bereits davon, sich mit einem gezielten Amoklauf zurück ins Tierheim zu befördern, wo er herkam und wo man ihn bei aller Kargheit seines Lebens wenigstens in Ruhe gelassen hatte.

Natürlich machte auch ich mich an ihm schuldig, indem ich ihn regelmäßig auslieh und den Umarmungen meines Vaters auslieferte, aber ich achtete darauf, dass ich ihn auf dem Weg dorthin und wieder zurück immer ein wenig gröber behandelte als notwendig. Dafür, so glaubte ich, würde er mich verschonen, ein Gedanke, an dem ich festhielt, bis Momo eines Tages verschwunden war. Allem Anschein nach war er einfach gegangen, wohin wusste niemand. Einer der Gärtner hatte Momo noch am Teich gesehen und später noch einmal am abgelassenen Kneippbecken im hinteren Teil des Parks, dort verlor sich seine Spur.

Ich merkte, dass ich trotz allem ein bisschen traurig war. So war es oft: Ich wünschte mir etwas vom Hals, und wenn es dann weg war, war ich betrübt. Erst kürzlich hatte ich mich von einer kleinen Zinnfigur, einem blau gekleideten Ritter mit Hellebarde, getrennt, die mich annähernd zwanzig Jahre lang nutzlos begleitet hatte. Doch kaum war sie zusammen mit dem Wochenmüll abtransportiert worden, vermisste ich sie bereits. So sehr, dass ich nach einer Woche eine neue Zinnfigur kaufte und sie an den Platz der alten stellte, aber weder war der neue Ritter blau gekleidet noch hielt er eine Hellebarde in seinen Händen. Überhaupt wirkte er insgesamt wenig ritterlich, ein Fehlkauf, der die Lücke, die der alte Ritter hinterlassen hatte, in keiner Weise zu füllen vermochte, nach drei Tagen warf ich auch ihn in den Müll.

Ich ging zum Fahrstuhl und fuhr nach oben zu meinem Vater. Anders als sonst saß er eingewickelt in eine Decke auf dem Balkon und bemerkte es nicht, als ich ins Zimmer trat. Ich zögerte, dann setzte ich mich in seinen Sessel und schaute ihm dabei zu, wie er unbewegt in die Ferne sah und immer wieder für kurze Momente lächelte. Einmal winkte er jemandem zu oder winkte ins Nichts, ich konnte es von meinem Platz nicht sehen. Auch ich lächelte von Zeit zu Zeit oder bildete mir ein zu lächeln, eine seltsame, nein: eine seltene Rührung breitete sich in mir aus, so hatte ich meinen Vater noch nie gesehen, nach fünfundvierzig Minuten stand ich auf und ging.

In der Stadt traf ich auf Loos. Er trug ein kurzärmeliges Hemd und kurze Hosen in sommerlichen Farben, sah ansonsten aber ziemlich blass aus.

«Du weißt es schon, oder?», sagte Loos.

Er hatte mich von der anderen Straßenseite aus erkannt und war ohne Umschweife auf mich zugestürmt. Auf seiner Oberlippe standen ein paar Schweißperlen, und obwohl es noch nicht einmal ein Uhr war, hatte ich den Eindruck, dass Loos getrunken hatte.

«Nein», erwiderte ich, «was denn?»

Loos nickte und zog ein wenig asthmatisch Luft ein.

Dann schlug er sich urplötzlich die Hände vors Gesicht und begann zu zittern.

«Mensch, Loos», sagte ich und legte meine rechte Hand auf seine Schulter, zog sie aber sofort zurück, als ich die warme Feuchte seines Körpers durch den Stoff seines Hemdes spürte.

«Kremer», sagte Loos schließlich, «er ist am Ende.»

«Kremer?»

«Die Firma, alles vorbei, gestern war unser letzter Tag.»

Loos ließ seine Hände sinken und setzte sich auf ein nahes Mäuerchen. Gänzlich ungeniert zog er ein kleines Fläschchen Schnaps aus seiner Hosentasche und leerte den Rest darin in einem Zug.

«Ach, komm», erwiderte ich, ohne recht zu wissen, was ich damit sagen wollte. Vielleicht: «Ach, komm, Kremer wird die Kurve schon kriegen», oder: «Ach, komm, du bist doch noch jung», aber Loos war nicht mehr jung, und daran, dass Kremer noch einmal die Kurve kriegen würde, glaubte ich in Wahrheit auch nicht.

«Du hast es gut», sagte Loos in die Stille, die kurz, aber schwer über uns gefallen war, «du hast wenigstens noch eine fette Abfindung kassiert, jetzt ist der Topf leer.»

Ich spürte, wie sich ein paar Krallen in meine Brust bohrten. Mir war nicht klar, wer Loos von meiner Abfindung erzählt hatte, ich jedenfalls nicht, aber das war es nicht, was mich aus seinen Worten ansprang. Anders als von Kremer angekündigt, hatte ich mein Geld nicht auf einen Schlag ausgezahlt bekommen, sondern in Raten zum Monatsende. Das war mir bislang durchaus recht gewesen, und ich hatte keinen Grund gesehen, Kremer an unsere Abmachung zu erinnern. Ich bezog acht Monate weiter mein reguläres Gehalt, und auch wenn ich mir damit kaum einreden konnte, noch immer bei Walter & Kremer im Brot zu stehen, gaben mir die Überweisungen am Monatsende ein gutes Gefühl. Genaugenommen war es bislang nur eine gewesen, die für Juli, mein Augustgeld stand noch aus, und das, obwohl die ersten beiden Septemberwochen schon fast vorüber waren.

«Kremer», sagte Loos, «hat sich erst einmal mit einem Herzinfarkt ins Krankenhaus gelegt. So geht's natürlich auch.»

«Ja, ja», erwiderte ich ein wenig abwesend, «so geht's auch», und überschlug in Gedanken den Puffer, den mein Konto noch aufweisen musste, ein Puffer, der sich vermutlich im niedrigen dreistelligen Bereich bewegte. Selbst bei kärglichstem Haushalten würde mich das kaum zwei Wochen weit bringen.

«Ach, Epkes», flüsterte Loos neben mir, «wenn ich meine Frau nicht hätte, säße ich jetzt ganz schön in der Scheiße.»

Ich sah Loos an und glaubte mich zu erinnern, dass seine Frau Richterin am Landgericht war, und obwohl ich mich in den Besoldungsklassen an deutschen Gerichten nicht auskannte, war ich mir sicher, dass die Familie Loos nie in ihrem Leben würde Hunger leiden müssen. Sie hatten einen Bungalow am Stadtrand und zwei wohlgeratene Töchter, die, soweit ich wusste, lange schon auf eigenen Füßen standen. Auf die Schnelle dichtete ich noch zwei Reitpferde und ein Segelboot dazu, und Loos begann mich mit seiner Jammerei auf offener Straße anzuwidern. So sehr, dass ich sogar vergaß, mich in kommunistische Gedanken zu flüchten. Stattdessen ließ ich Loos ohne ein weiteres Wort stehen und ging zum Jedermann-Tischtennis, wo ich zwei Anfängern eine Abreibung verpasste, die sich gewaschen hatte. Keiner der beiden brachte auch nur eine Angabe von mir zurück auf die Platte, ganz zu schweigen von meinen Returns, die wie weiße Striche an ihren hilflosen Armen vorbeirauschten, und hätte ich dabei nicht im Übereifer den einen oder anderen Flüchtigkeitsfehler gemacht, sie wären ohne einen einzigen Punkt nach Hause gegangen.

Mein Triumph war lächerlich, und doch fühlte ich mich nach dem Tischtennis besser. Ich ging heim und duschte, und als es später an meiner Tür klingelte, öffnete ich nicht. Sonja musste von der Straße aus das Licht in meiner Wohnung gesehen haben, aber sie beharrte nicht auf einem gemeinsamen Abend mit mir und zog weiter, ohne es ein zweites Mal zu versuchen. Später bereute ich meine Weigerung, ihr zu öffnen, und noch später rief ich sie an, aber ich bekam nur Sonjas Anrufbeantworter-Stimme zu hören, die mit lächerlich süffisantem Unterton verkündete, dass sie gerade anderweitig beschäftigt sei, dann kam der Pieps.

Vielleicht, so dachte ich, hatte meine auf ein Viertel geschrumpfte Abfindung ja auch einen Sinn. So war ich wenigstens gezwungen, mich wieder ins wirkliche Leben einzuklinken, anstatt allmorgendlich zu Ei und Schinken den Enten beim Krieg zuzuschauen. Andererseits, warum sollte ich den Enten nicht beim Krieg zuschauen? Und was um alles in der Welt war überhaupt das richtige Leben? Möglicherweise das Kremers, das, verkabelt mit ein paar Maschinen, auf seine Basisfunktionen reduziert war und sich um nichts anderes kümmern musste, als diese am Laufen zu halten. Gleich am nächsten Tag, so nahm ich mir vor, würde ich ihn im Krankenhaus besuchen, aber als ich am Morgen aufwachte, hatte ich grässliche Kopfschmerzen. Ich mühte mich aus dem Bett und stellte mich eine halbe Stunde ans offene

Fenster, eine Therapie, die ich von Sonja kannte und die noch nie bei mir gewirkt hatte. Draußen kündigte sich ein blauer Septembertag an, ein paar Frühmenschen eilten durch die Straßen, und ich stellte mir vor, wie mein Vater noch immer in Decken gehüllt auf seinem Balkon saß und die Welt grüßte, die Welt und Pschorri, der unten im Park vorüberlief und zu ihm hinaufbellte, genau so, dachte ich, müsste Sterben sein.

Ich loggte mich in mein Bankkonto ein und war nicht weiter verwundert, dass meine Augustüberweisung nicht eingegangen war. Stattdessen gab es ein paar Abbuchungen, die ich nicht mehr im Blick gehabt hatte, so dass sich mein aktueller Puffer auf 107,35 Euro belief. Dazu mein Dispokredit in Höhe von zweitausend Euro, ein Limit, das ich bislang noch nie hatte ausschöpfen müssen. Zum ersten Mal seit meiner Kündigung bei Walter & Kremer kaufte ich mir ein paar Tageszeitungen mit Stellenmarkt, aber kein Unternehmen suchte auch nur etwas Ähnliches wie einen Buchhalter. Eines immerhin zeigte sich interessiert an «kreativen Zahlenmenschen», doch als ich dort anrief, geriet ich in eine kostenpflichtige Warteschleife, die nichts anderes im Sinn hatte, als meinen Puffer weiter zu drücken, ich legte auf und warf die Zeitungen ins Altpapier.

Sonja hatte das alles kommen sehen. Als sie am nächsten Abend klingelte, ließ ich sie herein, und nachdem wir miteinander geschlafen hatten, erzählte ich ihr von meiner prekären Lage. Eigentlich hatte ich über all das kein Wort verlieren wollen, aber Sonja hatte mich auf die Nase zu gefragt, ob ich Sorgen hätte. Das tat sie immer, wenn mein Schwanz nur sehr zögerlich auf ihre Liebkosungen reagierte, und obschon ich jedes Mal hoffte, dass unser Sex ihre Erinnerung daran wegwischen möge, tat er es nie. Nicht dass mich meine mühevollen Erektionen über die Maßen erschütterten, es war das Seismographische an meinem Geschlecht, das ich hasste. Was kümmerte es meinen Schwanz, wie es mir ging, und vor allem: Warum musste er es so unverblümt in die Welt hinausposaunen?

Sonja sagte, ich solle sofort zu meinem Anwalt gehen, bei so etwas müsse man schnell sein.

«Irgendwas ist immer noch da», sagte sie, «aber wenn du ganz hinten in der Schlange stehst, ist der Drops gegessen, bis du dran kommst.»

«Gelutscht.»

Sonja sah mich fragend an.

«Geluscht», wiederholte ich, «es heißt geluscht, der Drops ist gelutscht.»

Sonja setzte sich auf und zog die Bettdecke bis knapp unter ihre Brüste. Sie waren groß und schwer, wie alles an ihrem Körper, aber im Gegensatz zum Rest hatten sie mich immer ein wenig eingeschüchtert.

«Sag mal», sagte sie, «ist das eigentlich dein Ernst? Ich versuche hier mit dir über deine finanziellen Probleme zu reden, und das Einzige, was dich interessiert, ist, dass ein Drops gelutscht und nicht gegessen wird.»

«Ja», erwiderte ich, «ich meine nein. Ich hätte dir das alles gar nicht erzählen sollen.»

«Hast du aber, und sag mir jetzt nicht, dass du keinen Anwalt hast. Den findest du in jedem Telefonbuch.»

Ich dachte an meinen Puffer von 107,35 Euro, der längst weiter geschrumpft war und der vermutlich nicht einmal mehr ausreichte, mit einem Anwalt auch nur zu telefonieren, aber ich unterließ es, irgendetwas davon zu meiner Verteidigung ins Feld zu führen. Sonja verfügte nach einem Erbe über ein recht stattliches Vermögen, und das Letzte, was ich wollte, war, dass sie mir ihre Unterstützung anbot. Um sie von derartigen Gedanken fernzuhalten, kroch ich mit dem Kopf unter ihre Decke und verwühlte mich in ihrem Geschlecht, ein Ablenkungsmanöver, das bei all seiner Schlichtheit gelang. Sonja öffnete ihre Beine und ließ mich gewähren, und zum ersten Mal seit Monaten schliefen wir danach nebeneinander ein.

Als ich am nächsten Morgen aufwachte, war Sonja bereits gegangen. Sie hatte keinen Zettel auf dem Küchentisch hinterlassen, wie sie es früher immer getan hatte, und ich war froh, dass so der Abend keine Fortsetzung in den Tag fand. Ich loggte mich in mein Konto ein und sah, dass die Vierteljahresrechnung meines Zeitungsabonnements abgebucht worden war, genug, um mich über die Nulllinie ins Minus rutschen zu lassen. Ich dachte an Loos und seine Weinerlichkeit auf dem Mäuerchen und kämpfte einen Moment lang mit meiner eigenen Weinerlichkeit, die ich in mir aufsteigen spürte, aber schon im nächsten Moment wurde ich kämpferisch.

«Nicht mit mir», sagte ich laut und zum offenen Fenster gewandt, «nicht mit Epkes.»

Ich ging aus dem Haus und zog mir am nächsten Bankautomaten zweihundert Euro. Im *Hornstein* bestellte ich mir ein König-Ludwig-Frühstück für 14,50 Euro, und als ich damit fertig war, ließ ich mir ein zweites Glas Sekt bringen.

«Irgendwas zu feiern?», fragte die Bedienung, und ich nickte und sagte: «Irgendwas gibt's immer.»

«Schön gesagt», erwiderte die Bedienung, «stimmt aber nicht.»

Sie lachte, ein Lachen, das mich an die späte Romy Schneider erinnerte. Ich überlegte kurz, ihr genau das zu sagen, ließ es dann aber doch bleiben. Die Bedienung war jung, zwanzig, allerhöchstens fünfundzwanzig, und wollte vermutlich kaum mit der späten Romy Schneider verwechselt werden. Gut möglich, dass sie Romy Schneider überhaupt nicht kannte. In Wahrheit kannte auch ich Romy Schneider kaum, so wenig wie ihr spätes Lachen, das sich vielleicht nur unmerklich von ihrem frühen unterschied. Zudem war sie schon lange tot, gut, dass ich erst gar nicht damit angefangen hatte.

«Was macht eigentlich Ihr vietnamesischer Koch?», fragte ich stattdessen.

Es war bereits viertel nach elf, und die Enten führten noch immer ein friedliches Morgenleben. Ein wenig hungrig vielleicht, aber davon drang nichts durch ihr Gefieder nach außen.

«Stimmt auch nicht», sagte die Bedienung, «der ist aus Laos, und kochen kann der gar nicht.»

«Und Sie?», fragte ich.

Die Bedienung lachte noch einmal, aber ihr Lachen war nicht mehr dasselbe wie zuvor. Ein kehlig-raues Lachen, das mich an nichts anderes erinnerte als an ein kehlig-raues Lachen, ihr dazugehöriger Blick pendelte zwischen Spott und Verachtung.

«Ich nicht», sagte sie schließlich, «ich bin aus Österreich.»

Ohne ein weiteres Wort räumte sie das Geschirr ab, und als ich wenig später zahlte, nahm sie das Trinkgeld und legte es zurück auf meinen Geldbeutel.

«Für Sie», sagte sie, «Sie werden es noch brauchen.»

Sie verließ meinen Tisch und verschwand in der Küche, und noch bevor sie von dort wieder auftauchte, war ich gegangen.

Auf der Straße spürte ich, dass ich ein wenig zitterte. Ich war zum ersten Mal von der jungen Frau bedient worden, aber selbst wenn sie mir in den vergangenen Wochen regelmäßig mein Frühstück gebracht hätte, wie konnte sie wissen, wie es um mich stand? Ich schaute an mir herunter und konnte nichts Verdächtiges feststellen. Allenfalls meine Schuhe, die an den Spitzen ein wenig abgestoßen waren, aber das waren sie auch schon gewesen, als ich noch jeden Morgen bei Walter & Kremer am Schreibtisch gesessen hatte.

Ich ging ziellos umher und setzte mich schließlich in einen Park. Nicht weit von mir saßen ein paar Jugendliche auf einer riesigen Decke und picknickten. Im Grunde interessierte ich mich nicht für sie, trotzdem merkte ich, dass sie mir gegen den Strich gingen. Vielleicht ihrer guten Laune wegen, vielleicht auch nur, weil sie ihr ganzes Leben noch vor sich hatten. Ich wechselte die Bank und setzte mich in eine ruhigere Zone des Parks, später aß ich an einem Imbissstand eine Wurst. Die Pelle war vom langen Liegen am Rand bereits ganz pergamenten, und ich überlegte kurz, die Wurst zu reklamieren, ließ es dann aber doch bleiben. Vielleicht gehörte die Pergamentpelle ja irgendwie dazu, war vielleicht sogar die eigentliche Spezialität der Wurst und ich wieder einmal der Einzige, der das nicht wusste. Die meisten am Imbiss freilich aßen etwas anderes. Pommes, Schaschlik oder Frikadellen. Ja, Frikadellen, jetzt sah ich es, die meisten ringsherum aßen Frikadellen. Augenblicke später entdeckte ich das dazugehörige Schild, eine Kreidetafel, die unterhalb der Theke gegen den Imbisswagen lehnte. «Heute frisch: Frikadellen» stand dort in schönster Schreibschrift, dahinter, ein wenig verwischt, ein Ausrufezeichen. Ich nahm meine Wurst und ging.

Erst am Nachmittag machte ich mich auf den Weg zum Pflegeheim, aber auf halber Strecke entschied ich mich anders und bog ab zum Krankenhaus. Kremer war nicht mehr auf der Intensivstation, trotzdem wurde ich von der Stationsschwester ermahnt, nicht zu lange zu bleiben, eine Vorsicht, die mir bei seinem Anblick reichlich absurd erschien. Kremer lag nicht grau und ausgemergelt auf dem Bett, wie ich mir das vorgestellt hatte. Stattdessen saß er in Freizeitkleidung bei Kaffee und Kuchen an einem kleinen Tisch am Fenster und sah besser aus, als ich ihn in Erinnerung hatte.

«Mensch, Epkes», rief er mir zu, «dass Sie mich besuchen!»

Ich löste mich von der Tür und ging auf ihn zu. «Nur kurz», erwiderte ich, «ich war gerade in der Nähe.»

Kremer bat mich, an seinem Tisch Platz zu nehmen, und bot mir den Rest seines Apfelkuchens an.

«Nicht gerade Konditorklasse», sagte er, «aber genießbar.»

Ich fühlte mich Kremer gegenüber zu keiner Höflichkeit verpflichtet, nicht mehr, dennoch griff ich zu.

Kremer nickte zufrieden. «So ist's fein», sagte er, und für einen Moment fragte ich mich, warum ich überhaupt hergekommen war. Vielleicht meiner Abfindung wegen, aber schon jetzt war ich mir sicher, dass ich Kremer nicht darauf ansprechen würde.

«Sie sind über den Berg?», fragte ich.

Kremer lachte. «Mehr als das, ich bin wieder im Tal, flaches Land, nur noch flaches Land.»

Er machte eine wischende Geste mit seiner linken Hand, die ich nicht verstand, und verschränkte die Arme hinter seinem Kopf. Aus seiner Armbeuge wucherte ein riesiges Hämatom, das bereits begonnen hatte, sich ins Grünliche zu verfärben, das einzige sichtbare Merkmal, das ihn in die Nähe einer Krankheit zu rücken vermochte.

Kremer lachte erneut. «So, Epkes», sagte er, «und jetzt Sie!»

Ich hatte keine Ahnung, was der ganze Unsinn sollte, aber so aufgedreht, wie Kremer war, musste er unter irgendwelchen Drogen stehen. Nichts an ihm erinnerte an den Mann, der noch vor Wochen vor mir in seinem Büro gesessen und um Entlassungsworte gerungen hatte. Und noch weniger erinnerte irgendetwas an ihm an einen Herzinfarktpatienten, der gerade seine Firma verloren hatte.

Es klopfte. Eine dünne Krankenschwester stakste ins Zimmer und wickelte eine Blutdruckmanschette um Kremers Arm. Sie pumpte auf und folgte dem Zeiger des Manometers mit ernstem Blick.

«Passen Sie auf, Epkes», flüsterte Kremer mir zu, «passen Sie auf!»

Augenblicke später ließ die Schwester die Restluft ab und notierte ihre Messung in eine Krankenkladde, die sie auf dem Fensterbrett ausgebreitet hatte.

«120/70», sagte sie, «alles in Ordnung.»

Kremer klatschte kurz in die Hände und sah mich triumphierend an. «Was sage ich», sagte er, «noch drei Tage, und ich bin hier raus.»

Die Krankenschwester klappte die Kladde zu und verstaute das Blutdruckgerät in ihrer Kitteltasche, dann ging sie zur Tür und verließ das Zimmer.

«Schwester Linda», sagte Kremer, «ich mag sie.»

Er stand auf und schaute aus dem Fenster. Das Geräusch eines Hubschraubers näherte sich und entfernte sich wieder, ohne dass irgendetwas von ihm zu sehen war. Der Himmel über der Stadt war noch immer makellos, aber von Westen her drohten erste Wolkentürme, die sich, glaubte man dem Wetterbericht, zum Abend hin in unwetterartigen Regengüssen entladen würden. Kremer stütze sich, die Arme durchgestreckt, aufs Fensterbrett und wippte dabei sachte vor und zurück, wie er es auch früher bisweilen im Büro getan hatte, wenn ein gutes Geschäft in Aussicht stand oder wenn ein neues Kartonmodell in Produktion ging. Er lächelte gegen die Scheibe, ein Lächeln, das mich an das meines Vaters auf seinem Balkon im Pflegeheim erinnerte, und ich fragte mich, ob Kremer und mein Vater in einem ähnlichen Glücksmodus waren. Auch Kremer schien ganz leicht geworden zu sein, ohne Ballast, aber ich zweifelte daran, dass sein Zustand von Dauer war.

«Manchmal», sagte er, «habe ich einen seltsamen Traum. Ich träume, dass mein Herz außerhalb meines Körpers schlägt. Ich kann es genau sehen, kann sehen, wie es pumpt und wie das Blut über durchsichtige Schläuche in den Körper fließt. Die Schläuche sind mit nichts fixiert, kein Pflaster oder Verband, sie verschwinden einfach so in der Brust, aber wenn man daran zieht, sitzen sie ganz fest. Das alles sieht nicht besonders schön aus, aber im Traum bin ich ganz ruhig. Ich sehe, dass mein Herz schlägt und dass alles in Ordnung ist, noch nicht einmal die Plastikschläuche beunruhigen mich.»

Kremer sah mich an. «Haben Sie so etwas auch?»

«Nein», erwiderte ich, «ich habe noch nie von meinem Herz geträumt.»

Kremer schüttelte den Kopf. «Das meine ich nicht», sagte er und drückte sich vom Fensterbrett ab, «ich meine, ob Sie einen Traum haben, der Sie vollkommen beruhigt, der Ihnen alle Angst nimmt.»

Obwohl ich nicht vorhatte, Kremer von meinen Träumen zu erzählen, dachte ich nach, aber mir fiel kein einziger Traum ein, kein beruhigender und auch kein beunruhigender. Doch, halt, gestern hatte ich geträumt, dass ich über eine Straße gehe, auf der als Mittelstreifen Blumen wachsen. Das war nicht schlecht, und ein bisschen hatte ich mich im Traum sogar über die Blumen gefreut, aber mehr war es beim besten Willen nicht gewesen.

«Straßen», sagte ich schließlich, «ich träume manchmal von Straßen.»

«Sie träumen von Straßen?», fragte Kremer ungläubig zurück.

«Ja», sagte ich, «erst gestern. Ich bin meine Straße entlanggelaufen, und aus allen Fenstern hingen Menschen und winkten mir zu. Sie riefen meinen Namen, Epkes, immer wieder Epkes, und klatschten vor Freude, mich zu sehen, in die Hände.»

Mein Gott, dachte ich, was für ein Unsinn. Das war kein Traum, das war eine Minderwertigkeitsphantasie. In Wahrheit kannte ich in meiner Straße nur Frau Karger aus dem Gemüseladen an der Ecke und den Tischtennisspieler von gegenüber, von dem ich noch nicht einmal den Namen wusste. Kremer aber war beglückt und begann meinen Traum bereits zu deuten, als die Tür aufging und die Stationsschwester hereinkam. Mit einiger Bestimmtheit wies sie mich auf das Ende meiner Besuchszeit hin, und ich war froh, dass Kremer so die Möglichkeit genommen war, weiter in meinem erfundenen Traum herumzustochern.

Ich stand auf und folgte ihm aus dem Zimmer und weiter den Flur hinunter bis zum Fahrstuhl.

«Kommen Sie wieder», sagte er, als ich bereits in der Aufzugskabine stand, «und passen Sie auf, dass Sie nicht unter die Räder kommen!»

Ich wollte etwas erwidern, etwas wie «Was meinen Sie?» oder «Welche Räder?» oder einfach nur «Wieso?», aber mir fiel auf die Schnelle nichts ein. Ohnehin schloss sich im selben Moment die Tür, und der Aufzug setzte sich in Bewegung. Ich lehnte mich gegen die Wand der Kabine und blickte auf die durchlaufenden Ziffern der Stockwerksanzeige und durch sie hindurch auf die im Verborgenen vorbeirauschenden Wände des Aufzugsschachts. Erst die Bedienung, dann Kremer, was um alles in der Welt hatte das zu bedeuten? Wie es schien, war ich ganzkörperlich seismographisch veranlagt, ohne dass ich die Zeichen selbst zu deuten vermochte. Im ersten Stock stieg eine junge Frau zu, und aus den Augenwinkeln glaubte ich zu erkennen, dass auch sie mich kritisch musterte.

Kurz darauf spuckte mich der Fahrstuhl im Erdgeschoss aus, und ich beeilte mich, durch die Drehtür des Haupteingangs ins Freie zu kommen. Ich atmete einen Moment durch, dann lief ich zurück in die Stadt und betrank mich im *Stieglitz*. Das hatte ich schon lange nicht mehr getan, was auch dem Ober aufzufallen schien, der mit jedem Bier, das er mir zapfte, sorgenvoller dreinblickte. Ich kannte ihn von Thekengesprächen, die er zum Glück nie mit mir geführt hatte und in denen er stets den verständnisvollen Kummeronkel gegeben hatte. Immer wieder sah er zu mir herüber, und obwohl er auch an diesem Abend nicht mehr als das Nötigste mit mir sprach, herrschte ich ihn mit dem siebten oder achten Bier, das er mir brachte, an, er möge mich in Ruhe lassen und sich um seine eigenen Sorgen kümmern. Der Ober wirkte überrascht, überlegte kurz und nahm das Bier wieder mit. Ich sah ihm dabei zu, wie er es hinter der Theke in den Ausguss leerte, wie er das Glas spülte und es anschließend sorgsam trockenrieb. Dann kam er zurück an meinen Tisch und bat mich zu gehen.

Die Herz-Jesu-Kirche schlug sieben Uhr, draußen war es nahezu finster. Die Wolkentürme, die am Nachmittag bei Kremer noch beruhigend fern schienen, hatten sich über die Stadt geschoben und waren offenbar gewillt, den Ankündigungen des Wetterberichts Folge zu leisten. Es stürmte, dass bereits erste Werbetafeln und andere lose Dinge über die Straße schlitterten, und als wenig später der Regen einsetzte, war ich binnen Sekunden völlig durchnässt. Ich glaubte mich zu erinnern, dass es nicht weit vom *Stieglitz* einen Taxistand gab, der die ganze Nacht über besetzt war, aber ich fühlte mich nicht in der Lage, danach zu suchen. Vielleicht konnte ich Sonja anrufen und sie bitten, mich abzuholen, aber Sonja lag vermutlich schon in den Armen ihres Zweit- oder Erstmannes und ließ es sich gutgehen und überhaupt: Wer war ich, dass ich mich komplett betrunken von meiner Ex-Freundin abholen ließ?

Wie gewohnt nahm ich die Bergheimer Allee und bog bei der Herz-Jesu-Kirche rechts in eine kleine Seitenstraße ein, doch schon an der nächsten Kreuzung kamen mir Zweifel. Geradeaus erkannte ich in einiger Entfernung die Bäume rund um den kleinen Bouleplatz vor der Buchhandlung Plötz, in der Straße rechts die erleuchteten Schaukästen des Naturkundemuseums, beides Orte, die mir vertraut waren. Ich überlegte einen Moment und erinnerte mich, dass ich auf dem Nachhauseweg vom *Stieglitz* häufig noch die Auslage des Buchladens studiert hatte, aber als ich kurz darauf vor dem Schaufenster stand, lagen dort nur medizinische Fachbücher. Die Buchhandlung hieß auch gar nicht Plötz sondern Medicus, so wie das Naturkundemuseum nicht das Naturkundemuseum war, sondern das für Neue Kunst.

Ich setzte mich auf einen kleinen Sims neben einer Hofeinfahrt und versuchte, einen klaren Gedanken zu fassen. Es regnete unverändert, einzig der Sturm war ein wenig milder geworden. Ich dachte an meinen Vater im Pflegeheim, der trocken und warm in seinem Bett lag und der wahrscheinlich gerade demselben Regen dabei zusah, wie er gegen sein Fenster prasselte. Vielleicht schlief mein Vater aber auch schon, und die Rollläden in seinem Zimmer waren heruntergelassen, und mit einem Schlag wurde mir klar, wie wenig ich von ihm wusste. Ich wusste nicht, wann er am Morgen aufwachte und was er zum Frühstück aß, ich wusste nicht, wer ihn wusch und wer ihn ins Bett brachte, und ich wusste nicht, ob er in der Dunkelheit die Decke anstarrte oder ob er friedlich und traumlos schlief. Wie oft hatte ich mir gewünscht, dass er sich an eine winzige Kleinigkeit aus unserem gemeinsamen Leben erinnerte, und ich selbst wusste nichts über ihn. Nichts über dieses Leben, das er jetzt führte und das mit meinem nicht mehr viel zu tun hatte, oder doch mit meinem zu tun hatte, wer konnte das schon sagen.

Vor mir pflügte ein Fahrrad durchs knöcheltiefe Wasser, das sich mittlerweile auf der Straße gesammelt hatte, auf dem Gepäckträger ein junger Mann mit Kapuze, der seine Beine nahezu waagrecht abspreizte. Er feuerte seinen Fahrer an, als gälte es, einen Preis zu gewinnen, und in der Tat folgte nur Sekunden später ein zweites Team, das lachend versuchte, den Rückstand auf die Führenden wettzumachen. Ich sah ihnen nach und spürte, wie ich sie und ihren Übermut beneidete. Vielleicht waren auch sie betrunken, aber sie machten sich nichts daraus, oder nein: Sie waren betrunken und machten etwas daraus. Einen Moment noch verharrte ich auf meinem Sims, so lange, bis die Radfahrer an einem kleinen Rondell links abgebogen und aus meinem Blickfeld verschwunden waren. Dann stand ich auf und ging weiter.

II Drei Wochen später hatte ich einen neuen Job. Nichts Großes und nur ein paar Abende die Woche, zu wenig, um das Abbröckeln meines Dispokredits nennenswert abzubremsen. Dennoch glaubte ich, dass der Job ein Zeichen war, nicht mehr lange, und ich könnte wieder aus dem Vollen schöpfen. Ausgerechnet der Tischtennismann von gegenüber hatte mir die Arbeit verschafft. Ich hatte ihn in einem kleinen Turnier knapp geschlagen, und im Gegensatz zu mir hatte er sich als fairer Verlierer erwiesen. Wir tranken zwei Bier zusammen, und beim gemeinsamen Duschen fragte er mich, ob ich Interesse an einem Abendjob hätte. Er wisse zwar, dass ich Vollzeit bei Walter & Kremer arbeite, aber das heiße ja nicht, dass ich nicht vielleicht etwas dazuverdienen wolle.

«Schau mich an», sagte er, «ich habe drei Jobs, und in manchen Monaten reicht mir noch nicht einmal das.»

Ich hatte keine Ahnung, woher er von meiner Arbeit bei Walter & Kremer wusste, und war froh, dass er diesbezüglich wenigstens nicht auf dem neuesten Stand war. Ich selbst wusste von ihm seit unserem Match immerhin seinen Namen, Josef Dorn, aber er bat mich, ihn Jo zu nennen.

«Nichts Schweres», sagte er, «Garderobe, dreißig Euro am Abend, mit Trinkgeld vielleicht fünfunddreißig, wenn ich Zeit hätte, würde ich es selbst machen.»

Er nannte mir ein Lokal in der Innenstadt, das mir noch nie aufgefallen war und das laut Jo regelmäßig Kulturveranstaltungen anbot.

«Zumindest das», sagte er, «was die im *Mahagoni* für Kultur halten. Für mich klingen die Sachen eher nach Seniorenkränzchen, aber das kann dir ja egal sein.»

«Könnte in der Tat ein bisschen viel werden», erwiderte ich, «aber ich schau's mir mal an.»

Jo kramte aus dem Seitenfach seiner Sporttasche ein Programm des Lokals und schrieb auf die Rückseite den Namen des Besitzers. «Roloff», sagte er, «ein Bier, und wir sind quitt.»

Mir war nicht recht klar, worin Jos Interesse bestand, mir einen Job zu vermitteln, noch dazu, ohne um meine wirkliche Situation zu wissen. Wie ich vermutete, fand man an jeder Ecke zehn Leute, die für dreißig Euro am Abend einen Garderobejob machten, warum also fragte er mich? Andererseits schien es mir völlig unnütz, mir den Kopf über Dinge zu zerbrechen, die mir im Grunde genommen egal sein konnten. Zumal sich meine Lage seit einigen Tagen weiter zugespitzt hatte.

Ich hatte mich gegen sämtliche inneren Widerstände dazu durchgerungen, zum Arbeitsamt zu gehen, um mir jetzt, da ich nichts mehr von Kremer zu erwarten hatte, wenigstens mein Arbeitslosengeld zu sichern, aber dort hieß es, dass das mit dem Arbeitslosengeld in meinem Fall so eine Sache sei.

«So eine Sache?», hatte ich ein wenig ungläubig nachgefragt, und der Beamte hinter seinem Tisch hatte genickt und gesagt: «Wie die Dinge liegen, bekommen wir da erst einmal nichts.»

Er betete mir ein paar Paragraphen herunter, von denen ich so viel verstand, dass ich einen Kardinalfehler begangen hatte, indem ich Kremers Abfindung akzeptiert hatte, ohne auf meine Kündigungsfrist zu bestehen.

«Tut mir leid», sagte der Beamte, «aber da sind uns die Hände gebunden.»

Immerhin bot er mir ein paar Jobs an, die allesamt weit unter meiner Qualifikation lagen und die ich ohne Ausnahme als Beleidigung empfand.

«Sie sind nicht mehr der Jüngste», sagte er, «da müssen wir realistisch bleiben.»

«Ich bin sechsundvierzig», erwiderte ich.

Der Mann nickte. «Eben», sagte er, «besser wir sind da jetzt mal nicht so wählerisch.»

Ich sah ihn an, und obwohl er ein durchaus freundliches Gesicht hatte, verspürte ich den dringenden Wunsch, ihn zu ohrfeigen, solange, bis er jedes einzelne *Wir* zurückgenommen hatte. Jedes *Wir* und jeden der albernen Jobs, die er wie Glücksverheißungen vor mir auf dem Tisch ausgebreitet hatte.

«Packen Sie das weg», sagte ich, «sonst fliegt Ihnen der Quatsch hier gleich um die Ohren.»

Ich sah, wie die Freundlichkeit im Gesicht des Mannes für Sekundenbruchteile kollabierte, und auch, wie er sich bemühte, sich nichts davon anmerken zu lassen.

«Lassen Sie uns mal schauen», sagte er und klickte ein paar Mal mit der Maus, «irgendetwas Passendes müssen wir doch für Sie haben.»

Er nickte fortwährend zu dem, was er auf seinem Bildschirm sah, so lange, bis die Tür aufging und zwei Männer hereinpolterten. Sie trugen dunkle Security-Uniformen und sahen auch ansonsten nicht eben herzerwärmend aus. Sofort streckte der Mann hinter dem Schreibtisch seinen Arm aus und deutete auf mich.

«Er hier», sagte er, «er hat mich bedroht.»

Mir war nicht recht klar, was hier vorging, oder nein, mir war klar, was hier vorging, aber das war doch ein Witz.

«Nein, nein», sagte ich, «das stimmt nicht», doch die beiden Security-Männer hatten sich bereits meine Oberarme gegriffen und zogen mich vom Stuhl hoch.

Der Beamte hinter dem Schreibtisch sah mich an. Die Freundlichkeit in seinem Gesicht war einem nicht zu übersehenden Triumph gewichen. Er hatte den gefährlichen Randalierer überwältigt und sonnte sich nun im Ruhm seiner Entschlossenheit.

«Mit jemandem wie Ihnen», sagte er, «sind wir hier drin schnell fertig, ganz schnell.»

Er stand auf und lehnte sich zwischen zwei Kinderfotos gegen die Wand. Die Kinder lächelten, aber ihre Gesichter sahen aus, als hätten sie zwei Minuten zuvor noch geweint. Beide kamen erkennbar nach ihrem Vater, eigentümlicherweise jedoch hatten sie untereinander keinerlei Ähnlichkeit, ein Umstand, den ich mir auf die Schnelle nicht erklären konnte. Auch der Mann lächelte, ungleich fröhlicher als seine Kinder, dann ließ er mich mit einer kurzen Geste seiner Hand hinauswerfen.

Zurück in meiner Wohnung studierte ich das Programm des *Mahagoni*. Auf einen Akkordeonabend mit dem Akkordeonorchester Dinkelsbühl folgte ein Diavortrag über Kreuzfahrten im Mittelmeer und darauf ein Abend mit französischen Chansons. Nein, drei Abende mit französischen Chansons, aus unerfindlichen Gründen hatte man ein und dieselbe Veranstaltung mehrmals hintereinander ins Programm genommen. Ein kleines Foto zeigte die Sängerin, die große Ähnlichkeit mit Mireille Mathieu hatte und die sich zudem ihrer

Initialen bediente. Marie Mercier, glaubte man dem Programmheft, war sie «die Wiedergeburt des französischen Chansons», dabei hatte ich nie davon gehört, dass das französische Chanson überhaupt gestorben war.

Am nächsten Mittag sprach ich im *Mahagoni* vor und wurde von Roloff, einem massigen Mann mit rotgeäderten Backen, aus dem Stand für den Abend engagiert.

«Wenn Jo dich schickt», sagte er, «dann wird's schon stimmen», und obwohl ich mich an seinem überfallartigen *Du* störte, schlug ich in seine Pranke ein, die er mir seltsam verdreht entgegenstreckte.

Roloff zeigte mir den Veranstaltungssaal, einen schmalen, fensterlosen Raum, der kaum mehr als fünfzig Besuchern Platz bot und dessen Decke so niedrig war, dass ich sie mit ausgestrecktem Arm hätte berühren können.

«Nicht gerade die Royal Albert Hall», sagte er, «aber irgendwie hänge ich dran.»

Die Garderobe befand sich im Vorraum, der nahezu dieselbe Dimension hatte wie der Veranstaltungssaal, mit dem einzigen Unterschied, dass die Decke fast doppelt so hoch war. Auch die Garderobe selbst schien völlig überdimensioniert. Sie erstreckte sich über die gesamte Längsseite des Raums und hatte Haken für mindestens fünfmal so viele Besucher, wie der Saal fasste. Alles im *Mahagoni* war ohne Maß, nicht zuletzt mein Job, der mir mit einem Mal völlig unsinnig vorkam. Wahrscheinlich hatte Roloff den kleinsten Veranstaltungssaal der ganzen Stadt, niemand brauchte für so etwas einen Garderobendienst. Und noch weniger brauchte der Garderobendienst mich. Ich war Buchhalter, ein Jahr mehr bei Walter & Kremer und ich hätte zwanzig Berufsjahre voll gehabt, warum sollte ausgerechnet ich auf einmal Jacken von Menschen aufhängen, die Akkordeonmusik liebten? Ich war eine glatte Fehlbesetzung, so wie mein Ersatzritter eine Fehlbesetzung gewesen war, genauso gut konnte man Sonja in eine Balletttruppe stecken oder Loos in ein Ausbildungslager für Elite-Einheiten.

«Ich weiß, was du denkst», sagte Roloff, «aber ohne Jacke auf dem Schoß hört man einfach besser zu.»

Vermutlich, so dachte ich, war auch das unsinnig, so unsinnig, dass es fast schon wieder plausibel klang. Nein, das klang nicht nur plausibel, es stimmte! Ich erinnerte mich, im letzten Advent in einem Konzert für Oboe und Orchester gewesen zu sein, bei dem ich unter der Last meines Wintermantels fast gestorben wäre. Ich hatte das Geld für die Garderobe sparen wollen und saß in dem prächtig geheizten Saal des Stadttheaters mit meinem prächtig wärmenden Steppmantel auf den Knien, ringsherum kein freier Platz, auf den ich ihn hätte legen können. Schon nach zehn Minuten schwitzte ich so sehr, dass ich meinen Geiz bereute, und als ich weitere zehn Minuten später meine Nebensitzerin flüsternd nach der Pause fragte, flüsterte sie zurück, dass es keine Pause gebe. Schließlich legte ich den Mantel in meiner Not vor mich auf den Boden, und als ich ihn zwei Stunden später vor dem Theater wieder anzog, hatte er am Ärmel einen Fleck.

Roloff legte mir seine Pranke auf den Rücken und schob mich aus dem Saal.

«Der Letzte war gerade mal zwei Wochen hier, besser, du nimmst die Sache ernst.» Er blickte mich streng an. Zwischen seinen Schneidezähnen sah ich ein paar Essensreste hängen, ich nickte und ging.

Mein Vater lag auf seinem Bett und starrte die Wand an.

«Er will nicht mehr aufstehen», sagte die Schwester und stellte sein Abendtablett auf den Nachttischwagen, «und wenn wir ihn anfassen, schlägt er um sich.»

Sie rückte mir einen Stuhl ans Bett und bedeutete mir, mich zu setzen, dann verließ sie leise das Zimmer. Ich sah zu meinem Vater und zögerte einen Moment, dann setzte ich mich. Er atmete ruhig und gleichmäßig, als würde er schlafen. Ich beugte mich ein wenig nach vorne, um mehr von seinem Gesicht zu sehen, aber das *Mehr*, das ich sah, sagte mir auch nicht, wo mein Vater war. Das hatte ich zwar auch sonst nicht gewusst, doch wie mir schien, hatte er noch einmal die Welten gewechselt, und zum ersten Mal hatte ich wirkliche Angst um ihn. Angst, wie ich sie zuletzt als Kind gehabt hatte, wenn er am Abend nicht von der Arbeit nach Hause kam oder wenn er so weit hinaus in den See schwamm, dass ich ihn nicht mehr sehen konnte. Ich war mir sicher, dass mein Vater der beste Schwimmer der Welt war, aber auch der beste Schwimmer der Welt konnte sich nicht unendlich lange über Wasser halten. Wenn er dann nach einer Stunde oder mehr zurück ans Ufer kam, sagte er jedes Mal: «Noch fünf Minuten und ich wäre abgesoffen», dazu lachte er, als hätte er den Tod einmal mehr in einem kleinen Ringkampf besiegt und ließ sich, noch immer keuchend, auf sein Handtuch fallen. Lange betrachtete ich dort seine Muskelarme und den sich hebenden und senkenden Brustkorb, der von den vielen Haaren, die darauf wuchsen, ganz schwarz war, und auf einmal wusste ich, dass mein Vater niemals ertrinken würde, weil er gar nicht ertrinken konnte, so stark wie er war, aber schon beim nächsten Ausflug an den See war die Angst von vorne losgegangen.

Jetzt saß ich an seinem Bett und wusste nicht, wie weit mein Vater schon draußen war, und noch weniger, ob er von dort noch einmal zurückfinden würde, wenigstens dorthin, wo er die vergangenen Jahre verbracht hatte und wo es bei aller Entrücktheit immer noch einen letzten Rest von Verbindung mit der Welt für ihn zu geben schien. Ich streckte meine Hand nach ihm aus, vielleicht in der Hoffnung, dass er sie nicht wegschlagen würde wie die der Schwestern und Pfleger, vielleicht auch nur, um zu spüren, dass er noch lebte, aber ich merkte, dass ich verlernt hatte, meinen Vater zu berühren. Oder nein, schlimmer noch, dass ich es nicht verlernt hatte, weil es nichts zu verlernen gab. Ich stand auf und ging ans Fenster.

Unten im Park sah ich zwei Pfleger Federball spielen. Auch aus der Ferne war unschwer zu erkennen, dass sie jung waren, ihr Spiel aber glich dem zweier Senioren. Sie standen kaum fünf Meter voneinander entfernt und spielten sich die Federbälle so behutsam zu, dass keiner von ihnen seinen Standplatz auch nur einen Schritt weit verlassen musste. Immerhin hatten sie ihr Seniorenspiel soweit perfektioniert, dass sie den Ball vierzig oder fünfzig Mal in der Luft halten konnten, bevor er vom Rahmen eines der Schläger auf den Boden tropfte und eine neue Runde begann.

Ich erinnerte mich, dass auch mein Vater früher bisweilen mit mir Federball gespielt hatte, aber anders als die Pfleger hatte er immer dorthin gespielt, wo ich nicht war. Wir hatten im Garten ein Netz gespannt und mit Steinen ein Spielfeld markiert, und obwohl wir regelmäßig die Seiten wechselten, schien mir meine immer die größere zu sein. Ich spielte bis zur völligen Erschöpfung, während mein Vater nur lachend die Bälle verteilte und mir dabei zusah, wie ich über das

Spielfeld rannte und ein ums andere Mal ins Leere schlitterte. Nie hatte ich ihn besiegt, noch nicht einmal, als an seinem Schläger eine Saite riss und er nur noch mit halber Kraft spielen konnte.

Im Tischtennis freilich war ich um Klassen besser als mein Vater. Ich sah ihn manchmal vor der Garage mit Herrn Pfitzer, unserem Nachbarn von nebenan, ein paar Bälle spielen, und so wie er sich dabei anstellte, wusste ich, dass er gegen mich keine Chance hatte. Ganz offensichtlich wusste das auch mein Vater, der erst gar nicht gegen mich antrat, und als ihm mein Bitten und Betteln irgendwann zuviel wurde, klappte er die Platte zusammen und verstaute sie hinter seinen Winterreifen in der Garage. Angeblich meiner schlechten Noten wegen, aber das stimmte nicht. Ich hatte keine schlechten Noten, zumindest hatte er sich nie darüber beklagt, und als ich die Platte am nächsten Tag vor seinen Augen wieder hinter den Reifen hervorzerrte, nahm er ein Stemmeisen von der Wand und hieb sie mit einem einzigen Schlag zu Bruch.

«So», sagte er, «jetzt ist Schluss mit diesem albernen Pingpong.»

Schwer atmend hängte er das Eisen zurück an die Wand und ging stampfenden Schrittes ins Haus, später hörte ich ihn hinter der Tür des Schlafzimmers weinen. Ja, ich hörte es ganz deutlich, mein Vater weinte, weinte über das, was er getan hatte, weinte über eine zertrümmerte Tischtennisplatte, vielleicht sogar über mich, wenigstens daran, so dachte ich, musste er sich doch noch erinnern. Ich drehte mich um und sah zu ihm hinüber, aber mein Vater erinnerte sich nicht oder gab vor, sich nicht zu erinnern, an manchen Tagen hielt ich selbst das für möglich.

Die Federballspieler packten unten gerade ihre Schläger zusammen, als Dr. Janson ins Zimmer kam und mich bat, ihn für einen Moment nach draußen zu begleiten.

«Ich weiß, Sie möchten etwas anderes von mir hören», sagte er, nachdem wir nebeneinander auf zwei Besucherstühlen im Flur Platz genommen hatten, «aber wir können auch nicht sagen, was das ist. Kann sein, er ist morgen wieder so wie immer, kann aber auch sein, dass er sich langsam verabschieden möchte.»

«Sie meinen, er stirbt?»

Dr. Janson sah mich an und legte mir kurz seine Hand aufs Knie. «Wirklich», erwiderte er, «ich weiß es nicht. Aber wenn er es will, dann sollten wir nicht allzu viel tun, um ihn daran zu hindern.»

Er stand auf und wandte sich zum Gehen. «Ich bin mir sicher, er braucht Sie, auch wenn er es Ihnen nicht mehr sagen kann. Zeigen Sie ihm, dass Sie da sind, das ist das Einzige, was Sie für ihn tun können.»

Dr. Janson reichte mir die Hand und nickte mir im Weggehen noch einmal zu. Ich sah ihm nach, bis er am Ende des Flurs im Arztzimmer verschwunden war, dann stand auch ich auf und ging zurück zu meinem Vater. Er lag unverändert in seinem Bett, seine Augen aber waren geschlossen. Ich legte meine Hand auf seine Schulter, später auf seine Wange und seine Stirn. Mein Vater ließ mich gewähren, auch dann noch, als er seine Augen wieder aufgeschlagen hatte und die Wand anstarrte wie zuvor. Ich glaubte nicht, dass er mich erkannt hatte, war aber immerhin vermessen genug, mir einzureden, dass ihn über meine Hand irgendeine Art von Vater-Sohn-Energie durchfloss, die ihn anders als die Berührungen der Schwestern und Pfleger beruhigte. Solange, bis mich gänzlich unvermittelt sein Ellenbogen im Gesicht traf. Genauer, direkt unter dem linken Auge, ich taumelte und stürzte schließlich gegen den Nachttischwagen, von dem ich das Abendtablett und eine Vase mit Plastikblumen riss, ich selbst konnte mich mit Mühe auf den Beinen halten.

«Vater!», schrie ich ihn an, aber mein Vater war längst zurück in seiner Welt, die Augen wieder geschlossen, sinnlos, ihn für irgendetwas verantwortlich zu machen.

Weit mehr als sein Hieb selbst überraschte mich die Kraft, die noch immer in seinem Körper steckte. Die Kraft und die Explosivität, ein in die Jahre gekommener Boxer, der einen Kampf noch immer mit einem einzigen Punch beenden konnte. Ich tastete nach der Stelle in meinem Gesicht, und obwohl sie bereits bei der geringsten Berührung schmerzte, war ich meinem Vater auf seltsame Art dankbar. Zum ersten Mal seit Jahren hatten wir wieder etwas, das uns verband, auch wenn es nur ein blaues Auge war. Noch einmal setzte ich mich auf den Stuhl und verfolgte seine Atemzüge, die so ruhig und gleichmäßig waren wie zuvor, dann räumte ich auf und ging.

Am Abend war ich früher als verabredet am *Mahagoni*. Die Veranstaltung begann um acht, ich selbst sollte eine halbe Stunde vorher meinen Dienst beginnen, jetzt war es gerade einmal sechs. Ich setzte mich in eine Bar in der Nähe und trank ein Bier, später ein zweites, ein drittes aber, das mir der Ober unaufgefordert auf den Tisch stellte, ließ ich stehen und ging.

Das Akkordeonorchester Dinkelsbühl bestand aus sieben Männern und einer Frau, die alle schwarze Samtanzüge trugen, die an Zimmermannskleidung erinnerten. Ihre Gesichter waren unsicher, fast scheu, beinahe so, als glaubten sie selbst nicht so recht an den Erfolg ihres Auftritts. Um fünf vor acht waren gerade einmal sechs Plätze im Saal belegt, um acht waren es zwölf, und als das Akkordeonorchester mit zehnminütiger Verspätung zu spielen begann, war einer der Besucher bereits wieder gegangen. Gedämpft durch die Tür klang die Musik ein wenig breiig, durchaus aber virtuos, eine Einschätzung, die nicht alle Besucher zu teilen schienen, und als nach der Pause nur noch fünf von ihnen in den Saal zurückkehrten, weigerte sich das Orchester weiterzuspielen. Für einen Moment fürchtete ich, es würde einen kleinen Tumult geben und ich als Vertreter des Veranstalters mittendrin, aber das Publikum zog klaglos ab, ohne dass auch nur ein Einziger im Hinausgehen sein Geld zurückgefordert hätte.

Schweigend packten die Musiker ihre Instrumente und ihre Verstärkeranlage ein und verließen mit versteinerter Miene den Saal. Ich wusste von Roloff, dass die Künstler kein Garantiehonorar von ihm bekamen und stattdessen mit sechzig Prozent an den Eintritten beteiligt waren. Für die Musiker des Akkordeonorchesters Dinkelsbühl bedeutete das, dass ihr Verdienst an diesem Abend noch nicht einmal reichte, um sich die Erinnerung an ihren Auftritt aus dem Kopf zu saufen. Ganz zu schweigen von den Fahrt- und Hotelkosten, auf denen sie sitzen bleiben würden, und ich fragte mich, ob auch auf sie zu Hause jemand wartete, der das alles hatte kommen sehen.

Auch meine Bilanz des Abends war ernüchternd: vier Jacken, davon zwei an einem Haken, kein Trinkgeld. Trotzdem war ich bester Laune. Umso mehr, da sich meine Arbeitszeit durch den Abbruch des Konzerts nahezu halbiert hatte, ein

Umstand, den Roloff bei der Auszahlung meines Honorars großzügig ignorierte. Ich steckte meine dreißig Euro in die Tasche und ging, und als ich auf meinem Nachhauseweg an der Pension Schiller in der Marienstraße vorbeikam, sah ich, wie die Musiker des Akkordeonorchesters dort gerade ihre Instrumente aus einem Kleinbus wuchteten und ins Haus trugen. Einen kurzen Moment verspürte ich den Impuls, auf sie zuzugehen und ihnen irgendetwas Aufmunterndes zu sagen, etwas, das ihnen die Nacht leichter machen würde, aber kaum hatte ich darüber nachgedacht, verwarf ich meine Idee wieder. Ich war mir sicher, dass es nach einem Abend wie diesem keine aufmunternden Worte für sie gab, und wenn doch, dann musste sie ein anderer finden. Vielleicht die Musiker selbst, einer für den anderen, eine Nacht des gegenseitigen Trostes, aber in Wahrheit glaubte ich auch daran nicht.

Am nächsten Morgen traf ich in der Stadt zufällig auf Sonja. Das heißt, ich sah sie ein gutes Stück von mir entfernt auf dem Liebigplatz in Begleitung eines Mannes, der beneidenswert attraktiv war und der schwarze Lackschuhe trug, die in der Sonne glänzten wie ein Konzertflügel. Auch sonst war er in allem das genaue Gegenteil von mir. Er war groß, gebräunt und ging mit Sonja auf einen Jaguar zu, den er, wie ich annahm, bar bezahlt hatte. Ich beneidete ihn um so ziemlich alles, was ich an ihm ausmachen konnte, nicht zuletzt um Sonja, die in einer Selbstverständlichkeit an seinem Arm hing, wie sie auch in unseren besseren Tagen nie an meinem Arm gehangen hatte. Nicht dass ich das jemals vermisst hätte, aber so, wie sie hier auf der Straße das Klammeräffchen gab, war mir klar, dass ich endgültig bei ihr ausgedient hatte. Allenfalls fungierte ich noch als sexueller Lückenfüller, wenn ihr Jaguar-Mann geschäftlich in Mailand, London oder Paris unterwegs war. Vermutlich wusste er sogar von mir und ließ es großzügig geschehen, «ach Gott, ja, Epkes», sagte er zu Sonja, wenn sie ihm nach seiner Rückkehr von mir erzählte, und weiter interessierte er sich nicht für mich.

Ich erinnerte mich, wie Sonja mir früher bisweilen von ihren Ex-Freunden erzählt und sie dabei in verschiedene Kategorien eingeteilt hatte. Eine ihrer kürzeren Affären war dabei die mit einem gewissen Ulf aus Bremen, den sie im Wartezimmer ihres Zahnarztes kennengelernt hatte. Ulf war laut Sonja eine Granate im Bett, gehörte ansonsten aber in die Kategorie *Nichts für draußen*, eine Formulierung, über die ich mich immer wieder aufs Neue amüsiert hatte. Beim Anblick des Jaguar-Mannes freilich war es damit vorbei. Ich stellte mir vor, wie Sonja nun mit ihm ihre Ex-Freunde durchging und sie mich dabei in dieselbe Kategorie wie Ulf steckte. In der Tat waren wir seit unserer Trennung kein einziges Mal mehr zusammen vor der Tür gewesen, während sie ihren Lackschuhträger vermutlich täglich spazieren führte. Sie ihn oder er sie, aber was machte das schon für einen Unterschied. Sonja lächelte ihn an, als er ihr die Beifahrertür aufhielt, und mit dem Understatement eines wahren Gentleman ließ er seinen Jaguar kurz darauf sanft aus der Parkbucht schnurren und rollte nahezu geräuschlos davon.

Drei Tage später sah ich die beiden wieder. Ich hatte meinen dritten Abend bei Roloff, den ersten mit Marie Mercier, als mir Sonja und ihr Freund unvermittelt an der Garderobe gegenüberstanden. Es war mir neu, dass Sonja französische

Chansons mochte, aber vielleicht war das schon der Einfluss des Jaguar-Mannes. Dabei sah auch er nicht nach französischen Chansons aus, eher schon nach Cool Jazz oder irgendwelchem harten Zeug, das ihn an seine rebellischen Zeiten erinnerte.

Zu meiner Überraschung beugte sich Sonja über die Theke und umarmte mich.

«Das ist Paul», sagte sie zu ihrem Begleiter, nachdem sie sich wieder von mir gelöst hatte, «du weißt schon.»

Dazu zwinkerte sie ihm kurz zu, ein Zwinkern, das er mit einem dezenten Nicken quittierte.

«Und das ist auch Paul», sagte sie und deutete auf den Jaguar-Mann, der mir bereits stumm seine Hand entgegenstreckte und der nun auch mir zunickte, ein Nicker, dachte ich, und schlug ein.

«Du hast mir gar nichts erzählt», sagte Sonja, «finde ich gut, dass du wieder was machst.»

Ich versuchte, irgendeinen Unterton in ihrer Stimme auszumachen, einen Anflug von Vorwurf oder Spott, vielleicht sogar Verachtung, aber ich konnte nichts dergleichen finden. Überhaupt wirkte sie eigenartig gelöst, ganz anders als bei unseren abendlichen Treffen. Wie es schien, tat Sonja ihr neuer Paul gut, zu gut, wie ich fand, ich nahm ihre Jacken und hängte sie auf.

«Und du», fragte ich und reichte ihr die Garderobenmarken über den Tresen, «seit wann magst du Chansons?»

Sonja lachte. «Schon immer», sagte sie, «aber das weißt du doch.»

Ich wusste es nicht oder hatte es vergessen, ja, ich hatte es vergessen. In der Tat fiel mir plötzlich wieder ein, dass mir Sonja vor Jahren einmal eine CD von Gilbert Bécaud geschenkt hatte, kurz darauf eine Biographie von Jacques Brel, auch daran erinnerte ich mich nun.

«Ach ja», murmelte ich, «natürlich», und wandte mich den anderen Besuchern zu, die mir ihre Jacken entgegenstreckten, froh, auf diese Weise wenigstens für einen Moment die Demenzgeister abzuschütteln, die sich schon wieder in meinem Genick verbissen hatten.

Sonja winkte mir noch einmal zu, dann verschwand sie mit dem Jaguar-Mann im Saal, der, wie mir erst jetzt auffiel, die ganze Zeit kein einziges Wort gesprochen hatte. Nicht zu mir und auch nicht zu Sonja. Vielleicht, so dachte ich, konnte er gar nicht sprechen. Er war taubstumm oder Stotterer, ja, vermutlich war er Stotterer und hatte sich vor seinem Nebenbuhler keine Blöße geben wollen, deshalb hatte er geschwiegen. Ein bisschen tröstete mich das über seinen Jaguar und sein blendendes Aussehen hinweg, aber dann stand er plötzlich noch einmal vor mir, ohne Sonja, und fragte mich nach den Toiletten. Seine Stimme war warm und freundlich, sein Satz ohne jedes Haken oder Stolpern, und als wäre an seiner Stelle ich derjenige, dessen Sprache im Hals verknotet war, streckte ich meinen Arm aus und deutete wortlos auf die Tür zum Gastraum.

Ich hatte Marie Mercier vor ihrem Auftritt nur kurz gesehen. Roloff hatte sie in die Künstlergarderobe begleitet, seitdem war sie nicht wieder aufgetaucht. Sie hatte einen grauen Stoffmantel getragen, den sie vor dem Bauch eng gebunden hatte, und war deutlich älter als auf dem Foto im Programm, deutlich älter und deutlich größer. Nein, was für ein Unsinn, dachte ich, sie war nicht größer als im Programm, sie war größer als Mireille Mathieu, mit der ich sie verglich. Noch immer hatte ich kein besonderes Interesse an französischen Chansons, trotzdem nahm ich kurz nach Beginn des Konzerts meine Garderobenkasse und stellte mich ganz hinten in den Saal.

Marie Mercier trug ein schwarzes Paillettenkleid, das im Licht der Scheinwerfer glitzerte wie eine Disco-Kugel. Es passte nicht zu ihr und auch nicht zu ihrer Bühnenshow, die eher getragen war und mir fast ein wenig bieder schien, ihre Stimme aber war umwerfend. Fragil und rauchig wie die von Hildegard Knef, doch im Gegensatz zu ihr konnte Marie Mercier singen. Ich wusste so wenig über sie wie über die Chansonbranche, aber ich war mir sicher, dass mit ein bisschen Glück mehr für sie und ihre Karriere drin gewesen wäre als der Konzertschlauch des *Mahagoni*. Immerhin verstand ich jetzt, warum sie für drei Abende hintereinander gebucht worden war, und ich wollte nicht ausschließen, dass im weiteren Verlauf der Woche doch noch geschehen würde, was Sonja und Gilbert Bécaud gemeinsam vergeblich versucht hatten. Indes war ich vermutlich gar nicht dabei, meine Liebe zum französischen Chanson zu entdecken, sondern nur die zu Marie Mercier, zu ihrer Stimme, verbesserte ich mich, und lehnte mich gegen die Wand. Soweit ich das beurteilen konnte, sang sie ausschließlich französische Lieder, diese freilich genauso ausschließlich auf Deutsch beziehungsweise dem, was sie dafür hielt, aber ihr starker französischer Akzent machte ihre Stimme nur noch betörender. Marie Mercier hatte keine Band und musste stattdessen einen CD-Player bedienen, der ihr die Begleitmusik einspielte und den sie ihre *groupe plastique* nannte. Von Zeit zu Zeit freilich gab es kleinere Aussetzer, und als die Musik schließlich mitten in einem Lied komplett ausfiel, dauerte es Minuten, bis Marie Mercier ihre *groupe plastique* zum Weiterspielen überreden konnte, aber nicht einmal das vermochte ihren Auftritt für mich zu entzaubern.

Ganz anders Sonja und ihr Jaguar-Mann, die ich nach dem fünften oder sechsten Lied direkt vor mir in der letzten Reihe entdeckte und die mir fortan mit ihrem Teenager-Geschlecke den Abend verdarben. Das heißt, in Wahrheit sah ich nur Sonja schlecken. Immer wieder knabberte sie am Ohr ihres Begleiters oder ließ ihre Zungenspitze darin verschwinden, einmal gar umschloss sie seinen Zeigefinger mit ihren Lippen und bewegte sie rhythmisch auf und ab. Dabei fühlte ich mich durch ihr Tun noch nicht einmal persönlich herausgefordert. Ich war abgelenkt, abgelenkt von Marie Mercier und ihrer Stimme, das war es, was ich Sonja übelnahm. Irgendwann ging ich hinaus und beschloss, mir den Rest des Konzerts am nächsten Abend anzuhören, hoffend, dass Sonja Marie Mercier nicht im Dreierpack gebucht hatte, aber so verrückt nach französischen Chansons war vermutlich nicht einmal sie.

Das Konzert dauerte über zwei Stunden, und nachdem Marie Mercier vier Zugaben gesungen hatte, öffnete sich die Saaltür, und anders als beim Akkordeonorchester Dinkelsbühl sah ich in lauter beglückte Gesichter. Mehrmals brachte ich falsche Jacken, aber keiner der Besucher ließ sich dadurch die Laune verderben. Einzig Sonja wirkte ein wenig nörgelig. Nicht dass sie offen herummaulte, was sie durchaus bisweilen tat, wenn ihr etwas, wofür sie bezahlt hatte, nicht passte. Trotzdem glaubte ich ihr anzusehen, dass dort drinnen nicht alles nach ihren Vorstellungen gelaufen war. Vielleicht das Konzert selbst, vielleicht aber auch ihre Spielchen mit dem Jaguar-Mann, die dieser nicht ausreichend erwidert hatte.

«Ach, du», sagte sie zum Abschied und winkte flüchtig in meine Richtung, dann hakte sie sich unter und ging mit ihm davon.

Ich blieb länger als notwendig und fegte ausgiebig den Vorraum. Anschließend wischte ich den Garderobentresen, auf dem, wenn man flach gegen das Licht schaute, ein paar Fingertapser zu erahnen waren. Kein Mensch sah in einem solchen Winkel auf den Tresen, schon gar nicht gegen das Licht, was nur von meiner Seite aus möglich war, aber ich wollte nicht schon an meinem dritten Abend nachlässig werden. Ich war fast fertig damit, als endlich die Tür der Künstlergarderobe aufging und Marie Mercier herauskam. Sie trug eine graue Jogginghose und darüber ein aufgekrempeltes Männerhemd, das an den Ellenbogen schon ein wenig durchgewetzt war, ihr Mantel hing faltig über ihrer Tasche und wirkte müde und erschöpft wie sie. Nichts an ihr erinnerte an die Frau, die gerade eben noch auf der Bühne gestanden und ihren Schlussapplaus entgegengenommen hatte, am wenigsten ihre Haare, die nicht mehr schwarz und pagenförmig waren wie zuvor, sondern mittellang und blond, durchsetzt mit grauen Strähnen, die ihnen einen silbrigen Glanz verliehen. Ich merkte, dass ihr unangenehm war, was ich sah, oder nein, dass ihr unangenehm war, was ich nicht sah, ihre Mireille-Mathieu-Perücke, die vermutlich wie ihr Paillettenkleid in ihrer Tasche ruhte und dort auf den nächsten Abend wartete. Ein wenig ärgerte ich mich über ihre Verkleidung auf der Bühne, aber mehr noch verstand ich sie einfach nicht. Ihre Stimme war so weit von der Mireille Mathieus entfernt wie ich von meinem Leben als gut versorgter Buchhalter, und ich war mir sicher, dass sie in Wahrheit nichts von dieser albernen Mimikry brauchte. Ohnehin konnte ich mir kaum vorstellen, dass Mireille Mathieu der richtige Köder war, um das Publikum in Massen anzulocken. Mireille Mathieu gehörte in meine Kindheit, wie Roy Black oder Rex Gildo in meine Kindheit gehörten, ich konnte mich nicht erinnern, sie in den letzten zwanzig oder dreißig Jahren auch nur einmal im Fernsehen gesehen zu haben. Vielleicht war sie auch längst tot, so wie Roy Black und Rex Gildo längst tot waren, aber selbst wenn sie sich noch immer bester Gesundheit erfreute, war ihre Zeit einfach abgelaufen.

Marie Mercier war bereits an der Tür, als sie sich noch einmal nach mir umdrehte.

«Bis morgen», sagte sie, und ich war erleichtert, dass wenigstens ihre Stimme noch immer dieselbe war wie zuvor.

«Bis morgen», sagte auch ich, aber die Tür war schon hinter ihr ins Schloss gefallen, und obwohl ich mich beeilte, das Licht auszuschalten und mir bei Roloff mein Honorar abzuholen, sah ich sie draußen nicht wieder.

Ich schlenderte ein wenig umher, bis ich einer plötzlichen Eingebung folgend den Weg in Richtung Marienstraße einschlug. Vielleicht, so dachte ich, waren alle Gäste des *Mahagoni* in der Pension Schiller untergebracht, aber dort, wo vor zwei Tagen noch das Akkordeonorchester Dinkelsbühl seinen Kleinbus geparkt und seine Instrumente ausgeladen hatte, stand jetzt eine Kippmulde, halb voll mit dem, was vielleicht einmal ein paar Einbauschränke gewesen waren, die Pension selbst hatte wegen Umbauarbeiten geschlossen. Ich war mir sicher, dass ich ohnehin nicht an der Rezeption nach ihr gefragt hätte, trotzdem war ich nun, da ich Marie Merciers Spur für den Abend endgültig verloren hatte, betrübt. So betrübt, dass ich mich in der Nähe erst einmal auf eine Bank setzte, um über meine Betrübnis nachzudenken, später vertrank ich ein paar Euro meines Abendhonorars im *Opossum*, einer kleinen Bar unweit des Bahnhofs, die im Fenster mit dem billigsten Bier der Stadt warb.

Ich hatte mich gerade vom *Opossum* auf den Heimweg gemacht, als ich urplötzlich vor ihr stand. Nicht vor ihr selbst, sondern lediglich vor einem Bild von ihr, aber unzweifelhaft war sie es, die dort abgebildet war, sie oder Mireille Mathieu, wer immer für das Gemälde verantwortlich war, hatte sich nicht mit Feinheiten aufgehalten. Daneben stand die schlichte Botschaft «Französische Lieder» und eine Handy-Nummer, für deren letzte Ziffern der Platz knapp geworden war und die so ein wenig gestaucht wirkten. Das Ganze war aufgemalt auf einen gelben Camping-Bus, der am Straßenrand parkte und hinter dessen Gardinen Licht brannte. So also, dachte ich, lebte es sich als Wiedergeburt des französischen Chansons, als im selben Moment die Tür des Busses aufging und Marie Mercier darin erschien. Ja, obwohl sie noch immer ihre Jogginghose und das aufgekrempelte Männerhemd trug, kam sie mir vor wie eine Erscheinung. Im Gegenlicht des Innenraums ließen sich keine Einzelheiten ihres Gesichts ausmachen, aber daran, dass sie kurz auflachte, konnte ich ablesen, dass sie mich erkannt hatte.

«Tun Sie das öfter?», fragte sie.

Marie Mercier kam zwei Schritte auf mich zu, und erst jetzt sah ich, dass sie wieder ihre Mireille-Mathieu-Perücke trug. Ein wenig verrutscht, wie mir schien, aber das war es nicht, was mich irritierte. Ihre Stimme war nicht mehr dieselbe wie zuvor. Nicht dass ihr irgendetwas von ihrem rauchigen Timbre verlorengegangen wäre, das mich im *Maha-*

goni so in den Bann gezogen hatte. Es war ihr französischer Akzent, der mit einem Mal völlig verschwunden war. Stattdessen glaubte ich einen schwäbischen Zungenschlag zu hören, und ich fragte mich, welche Verkleidung als nächste von ihr abfallen würde.

«Nein», sagte ich, «das ist mein Heimweg.»

Das stimmte und stimmte zugleich nicht, aber ich war froh, dass mir auf die Schnelle überhaupt irgendetwas eingefallen war. Marie Mercier freilich schien sich für meine Antwort nicht weiter zu interessieren. Stattdessen zog sie eine Zigarettenpackung aus der Tasche ihrer Jogginghose und hielt sie mir hin. Ich hatte vor fünf oder sechs Jahren zum letzten Mal geraucht und nicht vorgehabt, noch einmal damit zu anfangen, trotzdem nahm ich eine Zigarette aus der Packung und ließ mir von ihr Feuer geben. Ohne sich selbst eine zu nehmen, steckte sie die Packung zurück in ihre Jogginghose und setzte sich auf die Stufe der Tür.

«Sie machen das aber auch noch nicht lange», sagte sie.

«Den Job an der Garderobe?»

«Nein», erwiderte sie, «rauchen.»

Ich erschrak. Da war es wieder: Alle Welt konnte in mich hineinschauen, ohne dass ich mich dagegen zur Wehr setzen konnte. Sonja, Kremer, die Frau aus dem Café Hornstein, nun auch noch Marie Mercier. Ich sah sie an und wartete darauf, dass sie erneut lachte, aber mit einem Mal wirkte sie ganz ernst.

«Ist schon seltsam», sagte sie, «dass wir immer wieder Dinge tun, die wir eigentlich gar nicht tun wollen, und nur, weil wir vor irgendetwas Angst haben, tun wir sie doch.»

Sie stand auf und ging zurück in den Wagen. Ich hörte, wie sie drinnen herumwerkelte, und schließlich kam sie mit zwei geöffneten Bierflaschen zurück, von denen sie mir eine entgegenstreckte, ich nahm sie und stieß mit ihr an.

«Sie heißen gar nicht Marie Mercier, oder?», fragte ich.

«Natürlich nicht», erwiderte sie, «aber das meine ich nicht.»

Sie trank einen Schluck und direkt danach einen zweiten und rieb sich anschließend mit dem Ärmel ihres Hemdes den Mund trocken.

«Ich singe gerne, und ich verkleide mich gerne, und wenn es nach mir geht, dann will ich den Rest meines Lebens an keinem anderen Ort leben als in diesem Wagen. Aber mit Menschen wie diesem Rebroff will ich einfach nichts zu tun haben.»

«Roloff», sagte ich, «er heißt Roloff.»

Sie schüttelte den Kopf. «Mir hat er gesagt, er heißt Rebroff, aber von mir aus soll er sich nennen, wie er will. Ich tu's ja auch.»

Nun lachte sie wieder. Noch einmal streckte sie mir ihre Flasche entgegen, und noch einmal stieß sie mit mir an. Mit mir an oder an mir vorbei, ein kurzes Schaben nur, nicht viel, und wir hätten uns ganz verfehlt

«Maria», sagte sie, «Maria Merz.»

«Auch schön», erwiderte ich.

«Und du?», fragte sie.

«Epkes», sagte ich, «nenn mich einfach Epkes.»

Obwohl ich weder spät noch nennenswert betrunken ins Bett gegangen war, wachte ich erst kurz nach elf am Morgen auf. Der Abend mit Maria hatte nicht länger gedauert, als wir beide gebraucht hatten, um unser Bier auszutrinken, danach war ich artig nach Hause gegangen, ohne auch nur den Versuch zu unternehmen, mehr aus unserer zufälligen Begegnung zu machen. Das heißt, ich hatte durchaus kurz überlegt, mehr daraus zu machen, eine Idee, die ich, kaum hatte sie mich gestreift, als abwegig wieder verwarf. Maria war nicht der Typ Frau, mit dem man einfach so am ersten Abend ins Bett ging, und noch weniger war ich der Typ Mann, der dafür in Frage kam. Im Grunde genommen hatte es so etwas in meinem Leben nur ein einziges Mal gegeben, ein Abend mit einer Kollegin aus dem Vertrieb, der mir nach und nach entglitten und der nicht dazu angetan war, ihn zu wiederholen. Ohnehin war mir gar nicht nach Sex zumute, nicht mit Maria, noch nicht einmal mit Sonja, aber als Sonja gegen alle Gewohnheit nach dem Frühstück bei mir auftauchte, schliefen wir doch wieder miteinander. Das heißt, wir versuchten es und ließen es nach ein paar müden Ruckeleien wieder sein. Sonja rollte von mir herunter und weinte, und erst nachdem ich fünf Minuten lang beschwichtigend auf sie eingeflüstert hatte, erzählte sie mir, dass ihr Jaguar-Mann sie verlassen habe.

«Was denn», sagte ich, «nach dem Konzert?»

Sonja schüttelte den Kopf. «Nein», sagte sie, «heute früh.»

«Du meinst, er hat dich gerade eben erst verlassen?»

Sonja sah mich an und schüttelte noch einmal den Kopf. Mit einem Zipfel der Bettdecke rieb sie sich ihre Tränen aus den Augen und hinterließ dabei schwarze Striche auf dem Bezug.

«Nicht gerade eben», sagte sie, «vor zwei Stunden.»

«Er hat dich vor zwei Stunden verlassen, und das erste, was du tust, ist zu mir zu kommen und mit mir zu schlafen?»

«Ja, sicher», sagte sie, «was hätte ich denn sonst tun sollen? Ich kann ja schlecht in dem Zustand zur Arbeit gehen.»

«Dann war das hier jetzt also so was wie dein Trostfick.»

Sonja lachte kurz auf. «Wenn du es so nennen willst», sagte sie, «auch wenn es wohl eher ein Trost*los*fick war, aber da kannst du ja nichts dafür.»

Ich stand auf und ging ans Fenster. Auf dem Balkon gegenüber sah ich Jo, wie er über dem Geländer hing und rauchte. Er wirkte nachdenklich, vielleicht sogar ratlos, und als er seinen Blick hob und genau in meine Richtung sah, erkannte er mich hinter der Scheibe nicht.

«Du willst jetzt aber kein Drama daraus machen, dass ich zu dir gekommen bin, oder?», hörte ich Sonjas Stimme hinter mir. «Für so was bin ich nämlich gerade nicht auf Empfang.»

Jo ließ seine Zigarette hinunter auf die Straße fallen und ging in die Wohnung. Ich wartete einen Augenblick, und als er nicht zurückkam, wandte ich meinen Blick ab und sah hinüber zum Fluss. Zu meiner Überraschung war der alte Frachtkahn verschwunden. Wie es schien, hatte man ein Einsehen mit ihm gehabt und ihn abgeschleppt. Ich drehte mich um und sah zu Sonja, die noch immer nackt auf dem Bett lag und sich ein wenig abwesend mit der Hand den oberen Rand ihrer Schambehaarung kraulte.

«Besser», sagte ich, «du gehst jetzt. Ich habe zu tun.»

Sonja ließ ihren Kopf in meine Richtung kippen und war von einem Moment auf den nächsten wieder anwesend.

«Und was», fragte sie, «hast du so Wichtiges zu tun? Musst du dich innerlich sammeln für deinen Garderobendienst heute Abend?»

«Genau. Und ich brauche niemanden, der mir dabei zusieht.»

Ich löste mich vom Fenster und sammelte ihre Kleidungsstücke ein, die verstreut auf dem Boden lagen, und warf sie neben sie aufs Bett. Sonja zögerte einen Moment, dann stand sie auf und zog sich schweigend an.

«Schade», sagte sie, als sie bereits an der Tür war, «ich hätte euch gerne noch ein bisschen behalten. Einen von ganz oben und einen von ganz unten, das hat schon was. Aber wie es aussieht, ist es ja damit jetzt vorbei.»

Ich nickte. So gingen wir auseinander.

Schon mit den ersten Schritten, die ich in die Empfangshalle tat, sah ich, dass Momo zurück war. Er kam auf mich zu und sprang an mir hoch, und nur mit Mühe konnte ich ihn davon abhalten, mir auch noch mein Gesicht abzuschlecken. Momo sah prächtig erholt aus. Sein Fell hatte sich nahezu vollständig regeneriert, und wie es schien, war er nach Wochen der Einsamkeit noch einmal bereit, sich den Tätschelhänden im Pflegeheim auszuliefern. Ich nahm ihn mit nach oben, und kaum hatte Momo meinen Vater in seinem Zimmer entdeckt, sprang er auch schon zu ihm ins Bett. Mein Vater hatte geschlafen und schreckte hoch, aber anders als ich ließ er Momo gewähren. Nein, er ließ ihn nicht gewähren, er gab sich ihm förmlich hin und streckte ihm jeden Winkel seines Gesichts, den Momo noch nicht abgeschleckt hatte, entgegen, und als Momo schließlich genug hatte und von ihm abließ, sah mein Vater lächelnd zu mir und sagte: «Das ist der Pschorri, morgen wird er fünf Jahre alt.»

Ich erinnerte mich, dass wir Pschorris Geburtstag früher immer gefeiert hatten. Zu seinen Ehren gab es jedes Mal einen speckummantelten Schweinebraten, von dem Pschorri das schönste Stück bekam. Das war immer am 18., nein, am

8. Oktober gewesen, ein Datum, das mir, kaum hatte ich es zu Ende gedacht, den Atem stocken ließ. Ich hatte seit meiner Kündigung bei Walter & Kremer ein wenig das Gefühl für die Tage verloren, aber ein Blick auf den Bergkalender über dem Bett meines Vaters gab mir letzte Gewissheit: Heute war tatsächlich der 7. Oktober, ein Tag vor Pschorris Geburtstag. Und auch wenn es nicht der fünfte, sondern der fünf- oder sechsunddreißigste war, so hatte mein Vater doch dieses Datum in seinem Kopf bewahrt. So wie er offenkundig noch immer wusste, welcher Tag gerade war. Das alles mochte Zufall sein, aber ich glaubte nicht an Zufälle, schon gar nicht, wenn ich nicht daran glauben wollte.

«Wenn der Pschorri morgen Geburtstag hat», sagte ich, «dann müssen wir aber feiern.»

Mein Vater nickte, und auch wenn sein Nicken nicht mir, sondern Momo galt, der ihm auf seinen Hinterbeinen sitzend gerade Pfötchen gab, verbuchte ich auch das als gutes Zeichen.

Ich scheute mich, meinem Vater Momo wieder wegzunehmen, aber als unsere Zeit abgelaufen war, ließ er es ohne jedes Widerwort geschehen. Mehr noch, er winkte Momo fröhlich hinterher, und auch wenn er mir nicht dieselbe Beachtung schenkte wie ihm, verhakte ich mich in dem warmen Gefühl, ein winziges Stück von meinem Vater zurückgewonnen zu haben.

Ich hatte noch gut drei Stunden bis zum Abend, genügend Zeit, um noch einmal nach Hause zu gehen, aber ich war nicht in der Stimmung, mir meine gute Laune verderben zu lassen. Zwar glaubte ich nicht wirklich, dass Sonja mit verweinten Augen dort auf mich wartete, aber ganz sicher war ich mir nicht. Vielleicht wartete sie auch vor dem Haus ihres Jaguar-Mannes, oder sie pendelte zwischen beiden hin und her, um wenigstens einen von uns zu erwischen und zum Weitermachen zu überreden. Sonja war es nicht gewohnt, verlassen zu werden, schon gar nicht zwei Mal an einem Tag, aber wer war das schon.

Auch ich pendelte ein wenig hin und her. Gleich drei Mal kam ich dabei an Marias Camping-Bus vorbei, der noch immer an derselben Stelle am Straßenrand parkte. Das heißt, ich kam nicht direkt an ihm vorbei, sondern verharrte in einiger Entfernung am Rande eines kleinen Parks, der, wie die ganze Gegend, ein wenig verzottelt war. Ich hatte mir ausgemalt, Maria von meinem Ausguck noch einmal aus der Tür treten zu sehen, um im selben Moment meinen Schritt in ihre Richtung zu lenken, aber nichts dergleichen geschah. Stattdessen begegnete ich in der Stadt Loos, der, kaum hatte er mich gesehen, sein weinerliches Gesicht aufsetzte.

«Hör zu», sagte ich, noch bevor er zu seinem Lamento ansetzen konnte, «verschon mich mit deiner Jammerei. Du findest schon wieder was, und wenn nicht, hast du immer noch deine Frau.»

Loos schien überrascht über meinen plötzlichen Ausbruch, wie auch ich ein wenig überrascht war. So polterte ich sonst nie los, schon gar nicht auf der Straße, wo einem alle Welt beim Poltern zusehen konnte, aber vielleicht war der Tag einfach ein bisschen viel für mich gewesen.

Loos sah mich einen Moment stumm an, dann schüttelte er den Kopf. «Nein, nein», sagte er, «ich habe ja längst wieder einen Job. Es ist wegen Kremer.»

«Wegen Kremer?»

Loos nickte. «Ja», sagte er, «er ist tot. Vor zwei Tagen hat er sich umgebracht.»

«Oh Gott», erwiderte ich und merkte, dass mich Loos' Nachricht in Wahrheit seltsam unberührt ließ.

Alles an diesem Tag, so schien es mir, hatte mich mehr beeindruckt: Die unerfreuliche Begegnung mit Sonja, die plötzliche Wiederbelebung meines Vaters, ja sogar die Rückkehr Momos hatte mich stärker aufgewühlt als die Nachricht von Kremers Ende.

«Pistole», sagte Loos, «ein Schuss, und er war tot.»

Ich nickte und fragte mich gerade, ob man sich auch mit mehr als einem Schuss umbringen konnte, als Loos unvermittelt in Tränen ausbrach. Ja, Loos schluchzte wie ein kleines Kind, dabei war sein Verhältnis zu Kremer nie das beste gewesen. Kremer hatte ihn gegängelt, wie er nur wenige gegängelt hatte, kaum möglich, das Loos das vergessen hatte. Seine Trauer um Kremer schien mir so übertrieben, wie meine Teilnahmslosigkeit herzlos war. Eher schon, dachte ich, müsste es anders herum sein, ich, der in Tränen aufgelöst auf der Straße stand, und Loos mit einem gleichgültigen Achselzucken neben mir, ach nein, das stimmte auch nicht.

«Ich muss dann mal», sagte ich, als er für einen Moment zu weinen aufhörte.

Loos nickte. «Dann bis zur nächsten Katastrophe», sagte er, und noch bevor er erneut in Tränen ausbrechen konnte, war ich gegangen.

Als ich am nächsten Morgen aufwachte, lag ich neben Maria in ihrem Camping-Bus. Ich war komplett angezogen und ohne Zudecke, Maria bis zum Kinn eingehüllt in ihr Federbett, von ihrem froschgrünen Pyjama, den sie am Abend in meinem Rücken angezogen hatte, war nichts zu sehen.

«Kein Sex», hatte Maria gesagt, noch bevor wir ihren Wagen erreicht hatten, und dabei war es geblieben.

Mehr noch, wir waren einfach nebeneinander gelegen, ohne uns zu berühren, ohne Kuss, ohne alles, und trotzdem hatte ich nun, da ich aufwachte, das Gefühl, die ganze Nacht in ihrem Arm gelegen zu haben. Ich in ihrem oder sie in meinem oder beides zur gleichen Zeit, und ich hatte Angst, dass meine Vertrautheitsphantasien schon bald wieder in sich zusammenfallen würden, dann, wenn auch Maria aufwachte und sich zu mir umdrehte und wir einander für Sekunden anschauten, wissend, dass das alles nicht mehr als ein Missverständnis war.

Ihr zweites Konzert im *Mahagoni* war ein Debakel gewesen. Der Saal war zur Hälfte leer geblieben, Maria fahrig und nicht recht bei Stimme, und als sie nacheinander bei zwei Liedern den Text vergaß, regte sich erster Unmut im Publikum. Ein Unmut, der sich schon bald auf Maria übertrug, die den Abend offenkundig nur noch ohne weiteren Schaden über die Runden bringen wollte und die längst damit abgeschlossen hatte, das Publikum noch einmal auf ihre Seite zu ziehen. Das Konzert endete mit spärlichem Applaus und ein paar grantelnden Besuchern an der Garderobe, aber als ich Maria später vor dem *Mahagoni* abpasste, war sie erstaunlich aufgeräumt.

«Mein Gott», sagte sie, «gestern war's toll und heute war's zum Vergessen, so ist das halt», damit, so schien es, war die Sache für sie erledigt.

Wir gingen nebeneinander her, als hätten wir uns schon vor dem Konzert für den weiteren Abend miteinander verabredet, und als wir nach ein paar Minuten an einem kleinen Pizza-Imbiss stehenblieben, taten wir auch das, als gäbe es dafür einen Plan. So wie für den Abstecher in eine Hotelbar unweit des *Stieglitz* und den Weg zu ihrem Wagen. Ich wusste nicht, worauf der Abend mit Maria hinauslief, ich wusste nur, dass ich wollte, dass er so lange weiterging wie möglich.

«Ich weiß, was du denkst», sagte Maria, als wir schließlich von der Hotelbar aufbrachen.

«Nein», erwiderte ich, «was denn?»

«Du denkst, dass wir zwei verlorene Seelen sind und dass sich diese Seelen jetzt gefunden haben, aber so ist es nicht.»

Ich blieb stehen und sah Maria nach, wie sie langsam weiterging. Schief, wie mir schien, ihr ganzer Oberkörper hing ein wenig nach links, dabei trug sie die Tasche mit ihren Konzertrequisiten auf der anderen Seite.

Nach ein paar Metern blieb auch sie stehen und drehte sich zu mir um.

«Das denkst du doch, oder?»

«Nein», sagte ich, «das denke ich nicht», und wirklich, das dachte ich nicht. Nicht, dass wir uns gefunden hatten und noch weniger, dass ich eine verlorene Seele war. Vielleicht verlief mein Leben im Moment nicht in schwindelerregenden Höhen, aber was hieß das schon.

Maria nickte. «Gut», sagte sie, «das wollte ich nur geklärt haben.»

«Und du», fragte ich, «was denkst du?»

Sie kam auf mich zu und sah mich ernst und durchdringend an, aber schon im nächsten Moment lachte sie. «Ich denke, dass du ein bisschen müde bist», sagte Maria.

«Ja», erwiderte ich, «Zeit fürs Bett», und erschrak im selben Moment über meine Worte und kurz darauf ein zweites Mal, als Maria mich unterhakte und weiterzog.

«Das meine ich nicht», sagte sie, «das weißt du.»

Ich nickte, und als wir keine fünf Minuten später vor ihrem Wagen standen, spürte ich, dass ich trotz der Abendkühle schwitzte.

Maria schlief lange. Länger als ich am vergangenen Morgen, länger als ein erwachsener Mensch nach meiner Vorstellung eigentlich schlafen konnte, aber auch wenn ich mir auf ihrer dünnen Matratze langsam den Rücken krummlag, wich ich nicht von ihrer Seite. Auf keinen Fall wollte ich verpassen, wie sie neben mir aufwachte, selbst wenn es erst am Nachmittag sein würde. Ich war geduldig wie selten in meinem Leben, und als Maria schließlich die Augen aufschlug, war es tatsächlich bereits ein Uhr. Wir sahen uns einige Sekunden reglos an, reglos und stumm, und obwohl ich anders als Maria schon drei Stunden wach lag, war sie es, die als erste ihre Sprache wiederfand.

«Scheiße!» Sie ließ sich auf den Rücken rollen und schlug sich ein wenig theatralisch die Hand vor die Stirn. «Ich habe mir immer geschworen, nie mit einem Groupie ins Bett zu gehen, und jetzt ist es doch passiert.»

«Ich bin ein Groupie?»

«Ja, klar», sagte sie, «ich bin der Star, und du bist der Groupie, entweder ist man das eine, oder man ist das andere, so ist das im Showgeschäft.»

Ich setzte mich auf und stieß mir den Kopf an einem Regalbrett, das an meiner Seite über Marias Bett angebracht war und auf dem sich in wilder Unordnung Stapel von Büchern türmten, von denen mir eins in den Schoß fiel. Ohne einen Blick darauf zu werfen, legte ich es zur Seite.

«Und was», fragte ich, «will der Groupie vom Star?»

«Der Groupie will angezogen neben dem Star schlafen und am nächsten Morgen darauf warten, dass der Star aufwacht. Aber der Star ist sehr erschöpft und steht nie vor Mittag auf, was der Groupie natürlich nicht versteht, weil er eben ein Groupie ist und kein Star. Eine Weile überlegt der Groupie sich, davonzuschleichen, schließlich hat er noch ein paar andere Dinge vor an diesem Tag, aber dann bleibt er doch. Es kommt ja nicht oft vor, dass er mit einem Star die Nacht verbringt, im Grunde genommen nie, da will er keinen Fehler machen. Der Groupie bleibt und wartet, und als der Star neben ihm endlich aufwacht und ‹Scheiße› sagt, denkt er, dass er vielleicht doch lieber gegangen wäre, aber dafür ist es ja nun zu spät.»

Maria lachte. «Und jetzt sag du mir, was der Star vom Groupie will.»

Ich kreuzte meine Füße und überlegte, aber mir fiel nichts ein. Noch nicht einmal, als Maria ihre Decke zur Seite schlug und ihren froschgrünen Starkörper zeigte. Sie zog ihre Beine an und machte ein paar gymnastische Übungen, und ich war erstaunt, wie beweglich sie war.

«Keine Ahnung», sagte ich schließlich, «ich kenne mich nicht aus mit Stars.»

Maria klappte ihre Beine nach oben und ließ sie über ihren Kopf nach hinten fallen. So verharrte sie einige Sekunden, dann rollte sie sich in einem akrobatischen Manöver über ihre linke Schulter aus dem Bett.

«Ich mich auch nicht», sagte sie lachend und ein bisschen zerzaust, «aber vielleicht wollte ich, dass der Groupie eine Zeitlang mit mir mitfährt und mich ein bisschen bei Laune hält. So eine Art Reisegroupie mit Hang zum Nützlichsein.»

Maria bedeutete mir mit einer Geste ihrer Hand, mich

umzudrehen, und während sie sich in meinem Rücken anzog, fiel mir auf einmal mein Vater ein, mein Vater und Momo, nein, mein Vater und Pschorri, spätestens um drei wollte ich bei ihnen sein und mit ihnen Geburtstag feiern.

«Der Groupie», sagte ich, «muss nachdenken.»

«Gut», sagte Maria hinter mir, «und jetzt raus mit dir.»

Ich drehte mich um und sah sie neben ihrem Tisch in ihrer Abendkostümierung stehen, in der Hand ein Mikrofon, als würde sie gleich hier mit ihrer Vorstellung beginnen.

«Gut», sagte auch ich. Augenblicke später war ich aus der Tür.

Zu Hause blinkten auf meinem Anrufbeantworter drei Anrufe. Ich war mir sicher, dass das der Beginn von Sonjas Belagerung oder zumindest der ihrer Beschimpfungen war, und ich wusste nicht, welche der beiden Varianten ich bevorzugte. Minutenlang drückte ich mich in meiner Wohnung herum, wissend, dass ich meiner Neugier irgendwann doch nachgeben würde, und als ich es schließlich tat, hörte ich dreimal hintereinander dieselbe Stimme vom Band, die mir versuchte, ein Gewinnspiel schmackhaft zu machen, bei dem ich angeblich bereits zehntausend Euro gewonnen hatte. Als hätte ich etwas verpasst, drückte ich den Abspielknopf noch einmal, doch auch in der zweiten Runde mischte sich Sonjas Stimme nicht unter die Gewinnmeldungen. Nicht dass ich mich auf einmal nach ihr zurücksehnte, aber ich glaubte, ein Anrecht auf wenigstens ein bisschen Empörung zu haben, und es kränkte mich, dass Sonja meinen Rausschmiss so klaglos hinnahm.

Ich zog mich um und machte mich auf den Weg ins Pflegeheim. In einer Metzgerei kaufte ich drei dicke Scheiben

Schweinebraten, die ich mir mit Speckscheiben ummanteln ließ, aber als ich damit bei meinem Vater ankam, wollte der von Pschorris Geburtstag auf einmal nichts mehr wissen. So wenig wie von Momo und dem Schweinebraten, den er, kaum hatte ich ihn vor ihm ausgepackt, mit erstaunlich geschickten Bewegungen seiner Hände wieder in das Metzgereipapier einschlug und mir entgegenhielt.

«So etwas», sagte er, «essen wir hier nicht.»

«Aber wir wollten doch zusammen feiern», erwiderte ich. «Der Pschorri, er hat doch Geburtstag.»

Mein Vater schaute mich an. Auf seinem Gesicht lag ein warmes Lächeln, das mir neu an ihm schien. Seine Hände ruhten in seinem Schoß. Er nickte. «Der Pschorri ist jetzt auch schon alt», sagte er, «da muss man aufpassen.»

«Aufpassen worauf?», fragte ich.

Mein Vater lachte kurz, dann ließ er sein Kinn auf die Brust sinken und verharrte so mehrere Minuten.

«Sie müssen jetzt gehen», sagte er schließlich, «hier ist gar kein Besuch erlaubt.»

Er hob den Kopf und sah mich an. Sein Gesicht hatte immer noch etwas Fröhliches, seine Stimme aber klang mit einem Mal matt und erschöpft.

«Und der Pschorri?», fragte ich und deutete auf Momo, der sich in der Zwischenzeit beleidigt über seine Nichtbeachtung vor der Balkontür eingerollt hatte und dort zu schlafen schien.

Mein Vater schüttelte den Kopf. «Ich kenne den», sagte er, «aber der Pschorri ist das nicht.»

«Genau», rief ich begeistert aus, «ganz genau, der Pschorri ist ja viel größer.»

Ich fasste nach der Hand meines Vaters, als gälte es, seine

neugewonnene Erkenntnis damit zu besiegeln, aber mein Vater wollte nichts besiegeln und wischte meine Hand unsanft zur Seite.

«Sie müssen jetzt gehen», sagte er noch einmal, «Sie wollen mir nichts Gutes.»

«Doch, Papa», erwiderte ich, «ich will dir nur Gutes», aber mein Vater schien sich darauf nicht verlassen zu wollen und begann noch im selben Moment zu schreien.

Ja, mein Vater schrie, er schrie um Hilfe, er schrie, als ginge es um Leben und Tod, und erst als mich die Pfleger, die ihm zu Hilfe eilten, kurz aus dem Zimmer baten, hörte ich von draußen, wie er sich nach und nach wieder beruhigte. Momo kauerte eng an meiner Seite und sah immer wieder angstvoll zu mir auf.

«Ach, Momo», flüsterte ich, und weiter wusste ich nicht, was ich ihm sagen sollte.

III Maria fuhr schnell. Nicht schneller als andere auf der Autobahn, aber doch schneller, als es ihr Camping-Bus vertrug. Alles um mich herum vibrierte, der Boden, mein Sitz, die Tür, in die ich mich von Zeit zu Zeit verkrallte, ja sogar das kleine Stoffreh, das vor mir auf der Ablage klebte, zitterte, als sei sein Ende nur noch eine Frage von Minuten. Auch ich zitterte, umso mehr, da ich nach einiger Zeit bemerkte, dass wir nur einen funktionierenden Scheinwerfer hatten. Stumm deutete ich durch die Scheibe auf die kärglich beleuchtete Straße vor uns, aber Maria schien meine Hand im Dunkel des Wageninneren nicht zu bemerken.

«Noch eine halbe Stunde», sagte sie, «dann ist Schluss für heute.»

Ich ließ meinen Arm sinken und sah sie von der Seite an. Maria Merz, Sängerin, vermutlich Schwäbin, das war es auch schon, was ich von ihr wusste. Bereits vor dem Konzert hatte ich eine kleine Tasche gepackt, genug für drei oder vier Tage, dabei hatte ich keine Ahnung, wohin unsere Fahrt gehen würde. Das einzige, was ich sicher zu wissen glaubte, war, dass ich auch am kommenden Morgen in diesem Bus aufwachen wollte, egal, wo er dann stand, und egal, ob ich abermals komplett angezogen unter Marias Bücherregal liegen würde oder nackt an ihren Rücken geschmiegt. Doch als ich am Abend allein hinter dem Tresen der Garderobe im *Mahagoni* saß und Marias Stimme durch die Tür zu mir herauswaberte, kamen mir Zweifel. Vielleicht war es genau so, wie Dr. Janson es sagte, und das Einzige, was ich für meinen Vater noch tun konnte, war, bei ihm zu sein, ganz gleich, was er mit mir verband. Selbst wenn es nur ein paar Tage sein würden, wie konnte ich wissen, dass es nicht genau auf sie ankam. Und überhaupt: Was eigentlich wollten Maria und ich voneinander? Ich war kein Groupie, und sie war kein Star, und außer unseren Albereien vom Morgen gab es keine Pläne, die wir miteinander teilten. Vielleicht würde sie nach dem Konzert auch einfach verschwinden, ein kurzer Gruß in meine Richtung, und schon wären wir wieder getrennte Menschen, die auf getrennten Wegen durch getrennte Welten kreiselten. Vorsichtshalber hielt ich mein Gepäck unter dem Garderobentresen versteckt, aber als Maria nach dem Konzert aus der Künstlergarderobe auftauchte, kam sie direkt auf mich zu.

«Und?», fragte sie.

Sie warf ihre Tasche zwischen uns auf den Tresen und lächelte mich an. Maria hatte sich umgezogen und abgeschminkt, trug aber noch immer ihre Mireille-Mathieu-Perücke, unter der hinter den Ohren ein paar von ihren blonden Haaren hervorschimmerten. Anders als an den Konzertabenden zuvor konnte ich keinerlei Zeichen von Erschöpfung in ihrem Gesicht erkennen. Im Gegenteil wirkte Maria fast schon beängstigend tatendurstig, gerade so, als sei ihr Auftritt nicht mehr als eine kleine Aufwärmübung für den Rest des Abends gewesen.

«Was, und?», fragte ich zurück und versuchte überrascht zu klingen, ein Versuch, so kläglich wie der, noch einmal meine Garderobenkasse aufzuklappen und mit den wenigen Münzen darin Geschäftigkeit vorzutäuschen.

«Komm schon, tu nicht so», sagte sie, «du denkst doch den ganzen Tag an nichts anderes, also, was ist?»

Ich zögerte einen Moment, dann bückte ich mich und stellte meine Tasche neben ihre auf den Tresen, wo sie, dünn gepackt, wie sie war, sofort in sich zusammensackte.

«Ehrlich gesagt, hatte ich gedacht, du kommst mit ein bisschen mehr, aber vielleicht hast du recht.»

Ich nickte, nein, ich schüttelte den Kopf. Ich hatte nicht recht, wie konnte ich Maria nur so unverhohlen zeigen, dass ich der Sache nicht traute. Dass ich unserer Sache nicht traute, und auch wenn ich noch immer nicht wusste, was genau diese Sache war, bereute ich auf der Stelle, nicht mit zwei vollgepackten Koffern ins *Mahagoni* eingerückt zu sein.

«Ich brauche nicht viel», bemühte ich mich zu erwidern, und Maria lachte und sagte: «Für die Probezeit wird's schon reichen», so waren wir losgegangen.

Maria fuhr bis auf wenige Meter auf einen Lastwagen auf und scherte aus, ohne den Blinker zu setzen. Sie sprach nicht viel, und auch ich sprach nicht viel, und obwohl das Schweigen zwischen uns nichts Bedrohliches hatte, war ich froh, als sie irgendwann eine Kassette einlegte und wir beide ein bisschen vor uns hinsummen konnten. Von Zeit zu Zeit klopfte Maria zusätzlich ein paar Takte der Melodie mit den Fingern auf das Lenkrad, dabei hatte die Musik überraschend wenig mit der ihrer Auftritte zu tun. Sie war hart und schnell, und nur die Zeit, aus der sie mir zu stammen schien, passte irgendwie zu Mireille Mathieu. Siegziger-Jahre-Rock, der aus Marias Anlage noch mehr schepperte als ohnehin. Ich erkannte ein Stück von Deep Purple, nein, von Rainbow, *«where is your star, is it far, is it far, is it far»*, und für einen kurzen Moment stellte ich mir Maria mit Ritchie-Blackmore-Perücke und Plateausohlen auf der Bühne des *Mahagoni* vor, wie sie mit gespieltem englischen Akzent «wo ist dein Stern, ist er fern, ist er fern, ist er fern» sang, vor ihr ein graues Publikum, das mit offenen Mündern um Fassung rang.

«Morgen ist frei», sagte Maria, «dann Remagen, Montabaur und zweimal Bingen.»

Wir fuhren einige Minuten an Äckern und Feldern entlang, bevor Maria ihren Wagen kurz hinter einem kleinen Waldstück in einen Feldweg lenkte und nach wenigen Metern den Motor abstellte. Auch die Kassettenmusik verstummte, und ich erschrak über die plötzliche Stille, die uns umgab. Vor uns lag ein Acker, auf dem sich die Konturen eines landwirtschaftlichen Monstrums gegen den Himmel abzeichneten, darüber ein halber Mond, vor den sich dünne Wolkenschlieren geschoben hatten.

«Keine Angst», sagte Maria, nachdem wir eine Weile stumm nebeneinander gesessen hatten, «hier findet uns keiner», und noch bevor ich sie fragen konnte, was genau sie damit meinte, war sie ausgestiegen und zwischen den Bäumen des Waldstücks verschwunden.

Ich schüttelte den Kopf. Natürlich würde uns hier keiner finden, schließlich suchte ja niemand nach uns, aber von einem Moment auf den anderen wurde mir mulmig. Soweit ich mich erinnern konnte, hatte ich seit der Zelttour mit meinem Vater im Harz keine einzige Nacht mehr unter freiem Himmel zugebracht. Mangels Gelegenheit oder mangels Mut vermochte ich nicht zu sagen, auf alle Fälle hatte es mich nie danach gedrängt, die sicheren Wände einer Wohnung gegen die Unwägbarkeiten der Natur einzutauschen, und auch die Tatsache, dass wir die Nacht nicht wirklich unter freiem Himmel, sondern im Schutz von Marias Camping-Bus verbringen würden, vermochte mich kaum zu beruhigen. Vermutlich war sie anderes gewohnt, und ich zweifelte nicht daran, dass sie sich im Ernstfall zu verteidigen wusste, aber auch ihre Kraft und ihr Geschick hatten Grenzen und reichten gewiss nicht für zwei. Ich machte die Innenbeleuchtung, die ich vorübergehend gegen meine Mulmigkeit eingeschaltet hatte, wieder aus und versuchte irgendetwas von ihr draußen zu erkennen, und als sich meine Augen nach einigen Sekunden an die Dunkelheit gewöhnt hatten, sah ich Maria tatsächlich keine zwanzig Meter entfernt auf einer Bank sitzen. Das heißt, sie kniete oder saß im Schneidersitz oder sonst irgendwie verrenkt, und als ich ausstieg und zu ihr hinlief, erkannte ich, dass sie die Augen geschlossen hatte. Maria atmete tief und gleichmäßig, fast so, als schlafe sie, aber dann sah ich, wie sich die Hände in ihrem Schoß bewegten, wie sich ihre ineinander verschränkten Finger abwechselnd auf- und wieder einfalteten, gleichförmig wie ein Metronom. Ich zögerte einen Moment, dann setzte ich mich vorsichtig neben sie. Aus den Augenwinkeln beobachtete ich weiter ihre Hände, die so wenig wie sie selbst von meiner Anwesenheit Notiz zu nehmen schienen. Nicht von meiner Anwesenheit und nicht von der Nachtkälte, die mir bereits nach wenigen Sekunden auf der Bank in den Körper kroch, und als ich schon aufstehen und zurück zum Wagen gehen wollte, sagte Maria: «Das ist schön.»

Sie öffnete die Augen und sah mich an. Trotz der Dunkelheit glaubte ich in ihrem Blick etwas Verletzliches, nein, etwas Verletztes zu erkennen, etwas, das ich in ihrem Taggesicht bislang noch nicht wahrgenommen hatte, aber schon im nächsten Moment sah sie aus wie immer.

«Du bist mutig», sagte Maria, «und ich hätte nicht gedacht, dass du mutig bist. Das ist schön.»

«Ist das ein Kompliment?», fragte ich zurück.

Maria lachte. «Klingt nicht so, oder?»

«Um ehrlich zu sein», sagte ich, «ist das hier gerade ein bisschen viel Nacht und Natur für mich.»

Die Schlieren am Himmel hatten sich zu einer dichten Wolkenschicht zusammengeschoben, hinter der der Mond nur noch als diffuser Fleck zu erahnen war. Ich glaubte, Rauch zu riechen, dabei waren wir seit unserem Abfahren von der Autobahn an keinem einzigen Haus vorbeigekommen. Maria neben mir entknotete ihre Beine und stand auf. Die Hände in den Hosentaschen blieb sie einige Sekunden vor der Bank stehen, dann zuckte ihre rechte Schulter in Richtung des Wagens.

«Lass uns reingehen», sagte sie, «es ist kalt.»

Ich stand auf und folgte ihr, und als wir ein paar Minuten später nebeneinander auf der Matratze lagen, fasste sie mit ihrer Hand nach meinem Unterarm und ließ sie ohne ein weiteres Wort dort liegen. Anders als in der Nacht zuvor hatte ich meine Straßenkleidung ausgezogen und lag wie sie im Pyjama unter meiner Decke. Die Wärme ihrer Hand floss über meinen Arm in meinen Körper und weiter in mein Geschlecht, aber als ich auch nur die Andeutung eines Versuchs unternahm, ein paar Zentimeter auf Maria zuzurücken, gab sie mir mit so sanftem wie entschiedenem Druck ihrer Hand zu verstehen, dass mein Platz dort war, wo ich lag, unter dem Bücherregal, und dass sich daran auch im weiteren Verlauf der Nacht nichts ändern würde.

Ich schlief unruhig und lange Zeit gar nicht und hörte gleichermaßen Maria neben mir beim Schlafen zu wie der Natur um uns herum, die sich immer wieder mit Knack- und Raschellauten in Erinnerung brachte und mir so jedes Mal für weitere Minuten den Schlaf raubte. Einmal gar ein Jaulen oder Heulen, wie von einem angefahrenen Hund oder einem liebestollen Fuchs, dabei hatte ich weder das eine noch das andere je in meinem Leben gehört. Erst gegen Morgen fiel ich in tiefen Schlaf und träumte von Loos, der mit Sonja an einem Strand herumtollte, daneben seine Frau, die auf einem Handtuch sitzend Kinderfäustlinge strickte. Was für ein Unsinn, dachte ich noch im Traum, Sonja und Loos kennen sich doch gar nicht, aber dann legte Loos' Frau ihre Stricksachen beiseite und sagte, dass Sonja und ihr Mann Geschwister seien, und ich wunderte mich, dass mir Sonja nie etwas davon erzählt hatte.

Als ich aufwachte, war es bereits hell. Das Licht, das durch die Seitenfenster des Wagens auf mich und die Matratze fiel, flackerte eigenartig, und ich brauchte einige Sekunden, bis ich begriff, dass wir zurück auf der Straße waren. Ich richtete mich auf und sah Maria hinter dem Lenkrad, die aus dem Fahrerfenster rauchte und ihren Camping-Bus einarmig eine Allee entlang lenkte, deren Bäume über der Straßenmitte miteinander verwachsen schienen. Sie bemerkte mich nicht oder gab vor, mich nicht zu bemerken, und erst als ich mich mit den Beinen bereits vor zur Bettkante gearbeitet hatte und gerade dabei war, gegen das Ruckeln des Wagens aufzustehen, schaute Maria in den Rückspiegel und machte mit den Fingern ihrer rechten Hand das Victory-Zeichen.

«Du hast überlebt», rief sie und drehte sich kurz zu mir um.

«Wie spät ist es?», fragte ich.

«Kurz vor Remagen», erwiderte Maria, «dafür, dass du dich nützlich machen wolltest, bist du bis jetzt ein ziemlicher Totalausfall.»

Sie lachte und warf ihre Zigarette aus dem Fenster, kurz darauf bremste sie den Wagen abrupt ab und hielt zwischen zwei Bäumen am Straßenrand.

«Kannst du wenigstens Auto fahren», sagte sie, «das wäre mal so was wie ein Anfang.»

Ohne auf meine Antwort zu warten, schob sie sich über die Mittelkonsole auf die Beifahrerseite und ließ sich dort geräuschvoll in den Sitz fallen. Ich sah an mir herunter, sah auf meine gestreifte Pyjamahose und meine nackten Füße, und als Maria auf dem Beifahrersitz begann, demonstrativ falsch ein Lied zu pfeifen, stand ich auf und kletterte durch den Durchlass auf den Fahrersitz.

«Diesel», sagte Maria, «vorglühen!»

Ich nickte und drehte den Schlüssel im Zündschloss, und als das orange Vorglühsymbol Sekunden später erlosch, startete ich den Wagen.

«Kann sein, ich bin ein bisschen aus der Übung», sagte ich.

«Rechts Gas, links Kupplung, den Rest erkläre ich dir unterwegs.» Maria lachte. Sie ließ sich tiefer in ihren Sitz rutschen und stemmte ihre Füße gegen das Handschuhfach. «Komm schon», sagte sie, «fahr los!»

Am Abend saßen wir in einem Restaurant am Rhein. Das Essen war nicht billig und nicht gut, aber der Blick auf den Fluss und die vorbeifahrenden Schiffe entschädigte uns ein bisschen für unsere schlechte Wahl. Das Lokal war kaum zur Hälfte besetzt, trotzdem schienen die Ober überfordert zu sein. Sie waren unwirsch und ungeschickt, und kurz nachdem ihnen zwei Mal hintereinander etwas zu Boden gefallen war, gab es in der Küche einen kleinen Tumult.

«Vielleicht», sagte Maria, «sollten sie lieber irgendetwas machen, woran sie Spaß haben.»

«Die Ober?», fragte ich.

«Alle», sagte Maria, «die Ober mögen nicht bedienen, der Koch mag nicht kochen, und die Frau hinter der Theke mag kein Bier zapfen, so kommt man nicht durchs Leben.»

Ich drehte mich um und schaute zur Theke, und tatsächlich sah ich auch dort in ein mürrisches Gesicht. Die Lippen der Frau bewegten sich, als würde sie mit sich selbst sprechen, aber dann entdeckte ich einen kleinen Jungen, der auf einem Barhocker am Ende der Theke saß und dort mit Bierdeckeln einen Turm baute. Der Junge schien die Frau nicht zu beachten, und erst als er den sechsten Stock vollendet hatte, sah er von seinem Werk auf. Die Frau nickte ihm anerkennend zu, und er lächelte zurück, dann fiel der Turm in sich zusammen, und der Junge begann von Neuem.

Ich drehte mich wieder zu Maria und deutete zur Theke, aber Maria beachtete mich nicht und hob stattdessen den Arm und rief einen der Ober an unseren Tisch.

«Wir würden gerne rauchen», sagte sie, als er schließlich neben uns stand, «Sie haben doch sicher irgendwo eine Möglichkeit.»

«Leider nein», erwiderte der Ober, auf einmal bemüht, freundlich zu sein, «da müsste ich Sie nach draußen bitten.»

Maria schien einen Moment zu überlegen, dann nickte sie.

«Gut, und Sie machen uns in der Zwischenzeit schon mal zwei Kaffees, damit wir uns danach wieder aufwärmen können.»

«Zwei Kaffees, sehr gerne», wiederholte der Ober und ging weiter an den Nebentisch, an dem ein älterer Mann seit geraumer Zeit ungeduldig mit seinem Portemonnaie winkte. Unsere Blicke trafen sich für einen kurzen Moment, und ohne erkennbaren Grund nickte der Mann mir zu. Er nickte mir zu, als gäbe es irgendein Einverständnis zwischen uns, vielleicht über das schlechte Essen, vielleicht über die unaufmerksamen Ober, die nicht kamen, wenn man sie rief, ich wusste es nicht.

«Komm», sagte Maria, «lass uns gehen.»

Sie stand auf, und obwohl ich immer noch mit einem halben Gedanken bei dem Mann am Nebentisch war, folgte ich ihr. Wir nahmen unsere Jacken von der Garderobe und gingen nach draußen, und nachdem wir uns beide eine Zigarette angesteckt und einen ersten Zug genommen hatten, deutete Maria mit einer kurzen Geste ihres Kopfes hinaus in die Nacht.

«Was siehst du?», fragte sie.

«Keine Ahnung», erwiderte ich, «was soll ich sehen?»

Ich ließ meinen Blick über die Straße und die dort parkenden Autos fliegen, und wirklich, mir fiel nichts Ungewöhnliches ins Auge. Es war kalt, ich fror, schräg gegenüber flackerte eine Laterne.

«Was siehst du?», fragte Maria noch einmal.

Ich zuckte mit den Schultern. «Autos», sagte ich, «zwei Motorräder, deinen Camping-Bus.»

Maria nickte, und ich spürte, wie sie ihre Hand unter meinen Arm schob. «Auf drei», flüsterte sie.

Ich begriff nicht oder begriff doch, aber obwohl ich Maria neben mir bereits leise zählen hörte, glaubte ich noch immer, dass sie das alles nicht ernst meinte. Nicht ernst meinen konnte, doch schon im nächsten Moment spürte ich einen Ruck an meinem Arm, und ehe ich mich versah, rannte ich an Marias Seite auf ihren Wagen zu. Das Bild zweier auf dem Tisch dampfender Kaffees schoss mir in den Kopf, wer, so dachte ich, sollte sie nun trinken, als Maria bereits die Fahrertür aufriss und sich auf ihren Sitz warf. Ich beeilte mich, um den Wagen zu kommen und es ihr gleichzutun, aber erst, als auch ich auf meinem Sitz saß und Maria dabei zusah, wie sie den Schlüssel im Zündschloss drehte und nervös auf das Verlöschen des Vorglühsymbols wartete, wurde mir bewusst, dass sie ihren Wagen, bevor wir ins Lokal gegangen waren, nicht abgeschlossen hatte. Ich schaute über sie hinweg zum Eingang, wo jede Sekunde einer der Ober auftauchen und unserer Flucht mit ein paar entschlossenen Schritten ein Ende setzen konnte, komm schon, dachte ich, fahr endlich los.

«Komm schon!», zischte auch sie, dann endlich startete sie den Motor und riss den Wagen aus der Parklücke auf die Straße, mit kreischenden Reifen fuhren wir davon.

Immer wieder schaute ich zurück, auch dann noch, als das Lokal hinter uns längst nicht mehr zu sehen war. Was um alles in der Welt hatten wir getan? Was hatte Maria getan? Ich wollte nach Hause. Ich wollte die Zeit zwei Stunden, besser noch zwei Tage zurückdrehen. Ich wollte in mein Bett, ich wollte schlafen, ich wollte Maria nie begegnet sein.

«Keine Angst», sagte sie, «wenn man weg ist, ist man weg.»

«Scheiße», sagte ich, «das war scheiße, eine riesengroße Scheiße.»

Maria lachte. «Ja, das Essen war scheiße, genau deshalb haben wir ja nicht bezahlt.»

Ich sah sie von der Seite an. Maria wirkte fröhlich, fast ausgelassen. Ihr Oberkörper wippte leicht vor und zurück, als hätte sie ein Lied im Kopf, das sie in Gedanken mitsang, und ich begann zu ahnen, dass das hier nicht ihr erstes Mal gewesen war. Nicht ihr erstes und nicht ihr letztes, und darüber, was das für mich bedeutete, wollte ich lieber nicht zu genau nachdenken.

«Du hast es vorher gewusst», sagte ich, «du hast gewusst, dass wir nicht zahlen würden.»

Maria schwieg. Sie nestelte ihre Zigaretten aus der Hosentasche und zündete sich eine an, den Rauch blies sie vor sich gegen die Windschutzscheibe.

«Sagen wir, ich war vorbereitet», sagte sie, nachdem sie drei oder vier Züge genommen hatte, «ich schließe den Wagen nie ab, das eröffnet zusätzliche Möglichkeiten.»

«Und morgen», sagte ich, «singst du wieder von Paris und der Liebe.»

Maria nickte. «Und morgen singe ich wieder von Paris und der Liebe. Und wenn du ein Problem damit hast, bringe ich dich jetzt zum nächsten Bahnhof und kaufe dir eine Fahrkarte nach Hause. Von genau dem Geld, das wir gerade eben gespart haben.»

Wir fuhren auf einen Wagen mit Anhänger auf, aus dem zwei Pferdeschweife in die Nacht wehten, aber anders, als ich es von Maria gewohnt war, überholte sie nicht, sondern fügte sich in die Geschwindigkeit des Gefährts vor uns, und auch als der Wagen einen guten Kilometer weiter in den Hof eines Anwesens abbog, zuckelten wir im selben Tempo weiter. Mir war nicht klar, was genau Maria mir damit demonstrieren wollte. Vielleicht wollte sie mir einfach nur Zeit zum Überlegen geben, vielleicht aber auch stellte sie mich erneut auf die Probe. Dabei hatte ich meine Angst vor möglichen Verfolgern längst abgelegt. Längst oder zumindest ein bisschen, kein Mensch, so versuchte ich mir einzureden, setzte sich für fünfzig Euro nachts in den Wagen und versuchte, zwei Zechpreller ihrer gerechten Strafe zuzuführen.

«Entschuldige bitte», sagte Maria plötzlich in die Stille zwischen uns, «das war nicht fair.»

«Das mit dem Bahnhof?»

Maria nickte. «Das auch.»

Wir passierten ein Ortsschild, und Maria bremste den Wagen weiter ab. Wenig später hielten wir auf einem kleinen Parkplatz mit Blick auf die Dorfkirche.

«Genug Aufregung für heute», sagte Maria und stieg über die Mittelkonsole nach hinten, «komm!»

Ich schaute ihr zu, wie sie sich auszog und in ihren Pyjama schlüpfte, und ohne noch einmal zu mir hinzusehen, verkroch sie sich unter ihrer Decke. Obwohl mir das Halbdunkel des Busses nicht allzu viel von Marias Nacktheit offenbart hatte, umgab mich ein Gefühl wohliger Wärme. Möglich, dass sie mir damit ein verstecktes, nein, ein gänzlich unverstecktes Zeichen für mehr gegeben hatte, dabei war ich mir auf einmal gar nicht mehr sicher, ob ich wirklich mit ihr schlafen wollte. Vielleicht würde es irgendwann einfach passieren, wie so vieles irgendwann einfach passierte, aber anders als bei Sonja glaubte ich nicht, dass es eine Notwendigkeit dafür gab. Keine Notwendigkeit und vielleicht nicht einmal ein wirkliches Verlangen, ein Gedanke, der mich ins Grübeln brachte. Ich blieb noch eine Weile sitzen und sah Maria beim Schlafen zu, und als ich mich schließlich müde gegrübelt hatte, folgte ich ihr und legte mich neben sie ins Bett. Minuten später war auch ich eingeschlafen.

Marias Konzert fand im Speisesaal eines Seniorenheims statt, das sich über mehrere Gebäude entlang eines gepflegten Parks erstreckte, durch den ein labyrinthisches Netz von Wegen führte. Die Menschen darauf sahen vom Fenster des Saals aus wie Figuren eines riesigen Spiels, die sich lautlos Zug um Zug voranbewegten und zwischendurch immer wieder auf einer der zahlreich bereitstehenden Bänke eine Runde aussetzten. Ich dachte an meinen Vater und daran, dass ich mich seit unserem Aufbruch kein einziges Mal telefonisch nach ihm erkundigt hatte. Seit unserer missglückten Geburtstagsfeier für Pschorri waren drei Tage vergangen, drei Tage, die er ruhig in seinem Sessel verbracht haben mochte oder schreiend in seinem Bett. Zudem war ungewiss, wann ich ihn das nächste Mal würde besuchen können. Alles war ungewiss, allem voran mein Leben, das ich ohne weiteren Plan zu Hause zurückgelassen hatte und das dort auf meine Rückkehr wartete. Meine Wohnung, mein in seinen letzten Zügen liegendes Konto, mein Job im *Mahagoni*, vielleicht sogar Sonja. Sicherheitshalber hatte ich noch am Abend unserer Abfahrt mein Handy ausgeschaltet, um nicht auf diesem Weg von ihr drangsaliert zu werden. Oder ich hatte es deshalb ausgeschaltet, um nicht sehen zu müssen, dass ich *nicht* von ihr drangsaliert wurde, ja, vielleicht war es auch das.

Immerhin um meinen Job musste ich mir vermutlich ab heute keine Gedanken mehr machen. In ein paar Stunden begann mein Abenddienst im *Mahagoni*, ein Blockflötenkonzert, das die Besucher mit ihren Mänteln auf den Knien würden verbringen müssen. Ich hatte Roloff nicht angerufen, und vermutlich verstand er in solchen Dingen keinen Spaß. Schon gar nicht, sollte er erfahren, dass ich quasi mit seinem letzten Gast durchgebrannt war, ja, durchgebrannt, das Wort gefiel mir. Aber dann krümmten sich die Bilder unserer Flucht vom Vorabend zurück in meine Gedanken, und sofort erschien mir das Wort in einem anderen Licht. Umso mehr, da ich plötzlich von meinem Platz am Fenster unter den Figuren im Park zwei Männer entdeckte, die mir weder vom Alter noch von ihrem Tempo ins Spiel zu passen schienen. Zudem hatten sie anders als alle anderen ein festes Ziel im Visier, den Eingang des Hauptgebäudes, auf den sie zusteuerten, als gälte es, keine Zeit zu verlieren, doch dann blieben sie plötzlich stehen und umarmten sich, küssten sich vielleicht sogar und gingen kurz darauf in unterschiedliche Richtungen parkauswärts davon.

Marias Konzert begann um sechzehn Uhr, aber schon zehn Minuten vorher waren die Tische im Saal bis auf den letzten Platz besetzt. Hundertfünfzig, vielleicht zweihundert rüstige Senioren, die in ihren Dreißigern oder Vierzigern gewesen sein mochten, als Mireille Mathieu durch die Samstagabendshows gezogen war, vor sich Kaffee- oder Teekännchen und Kuchen mit Sahnehäubchen, die von vier jungen Bedienungen auf großen Servierwägen an die Tische gefahren wurden. Viele hatten sich für den Nachmittag herausgeputzt, und schon mit dem ersten Lied, das Maria sang, waren sie ihr verfallen. «Es geht mir gut, merci Chéri, es geht mir gut, das macht die Liebe», mehr Glück in einem Satz war kaum vorstellbar, und als Maria mit in den Nacken geworfenem Kopf ihr letztes, langgezogenes *Chéri* sang, brandete der erste Beifall auf. Maria schüttelte mit einer knappen, ruckartigen Bewegung ihren Pagenkopf und fror ihn für Sekunden ein, bevor sie sich schließlich mit einem breiten Lachen im Gesicht vor ihrem Publikum verneigte. Tatsächlich, das war Mireille Mathieu, und vermutlich gab es unter den

Zuhörern nicht wenige, die den gesamten Nachmittag in dieser Illusion verbrachten. Der Spatz von Avignon war den weiten Weg von Frankreich zu ihnen geflogen und gehörte zwei Stunden lang nur ihnen, ihnen und ihren Erinnerungen, warum sollten sie daran zweifeln. Maria, so schien es, wusste darum und sang einen Mireille-Mathieu-Hit nach dem anderen, und zu meiner Überraschung erkannte ich nahezu jedes Lied. Ich war schon dabei, erste Zeilen leise mitzusingen, als ich auf einmal am Nachbartisch einen Mann entdeckte, der mit seinem Portemonnaie in der Hand nach der Bedienung winkte. Seine Bewegungen glichen exakt denen des Mannes im Lokal vom Vorabend, und je länger ich ihn ansah, umso sicherer war ich mir, dass er ihm auch sonst glich, nein, dass er ein und dieselbe Person war. Er winkte die Bedienung heran, um ihr schon im nächsten Moment ins Ohr zu flüstern, wen er da am Nachbartisch entdeckt hatte, aber als die Bedienung schließlich neben ihm stand, flüsterte er nicht, sondern schrie ihr durch die Musik entgegen, dass er Käsekuchen wolle, richtigen Käsekuchen, einen Käsekuchen wie in Frankreich, und als die Bedienung ihm stattdessen ein Stück Erdbeertorte reichte, lächelte er selig und begann sofort, sie in großen Stücken in sich hineinzuschaufeln.

Erleichtert ließ ich mich zurück in meinen Stuhl sinken, später stand ich auf und ging in den Park. Ich schaltete mein Handy an, auf dem keine Anrufe Sonjas verzeichnet waren, und wählte die Nummer des Pflegeheims.

«Gut, dass Sie sich melden», sagte eine mir fremde Stimme am anderen Ende der Leitung, «Dr. Janson wollte Sie sprechen.»

Ich spürte, wie alles Blut in mir absackte, und suchte Halt an einem nahen Baum.

«Sie meinen», sagte ich, aber die Stimme unterbrach mich und sagte: «Nein, ich meine nichts», dann hörte ich die Verbindungsmelodie, ein grausam verhunztes Bach-Menuett aus näselnden Computertönen, und schließlich die Stimme Dr. Jansons, die warm und freundlich klang wie immer.

«Ihr Vater», sagte er, «er weint seit vierundzwanzig Stunden. Das Einzige, was wir verstehen können, ist so etwas Ähnliches wie Schorri, sagt ihnen das was?»

Ich nickte, als stünde Dr. Janson vor mir und schaute kurz hinauf zu den Fenstern des Speisesaals, wo ich ein Stück von Marias Perücke auf und ab wippen sah und eine der Bedienungen, die unbewegt mit ihrem Rücken an der Scheibe klebte. Doch schon im nächsten Moment drückte sie sich vom Fenster ab und verschwand im Saal, der Pschorri, dachte ich, jetzt ist er tot.

«Wie dem auch sei», sagte Dr. Janson, «es geht ihm nicht gut damit. Besser, Sie kommen vorbei.»

«Ja», erwiderte ich, «ich meine nein, ich bin auf Reisen.»

Dr. Janson am anderen Ende der Leitung schwieg einen Moment, dann sagte er: «Gut, das ist Ihre Sache, ich wollte nur, dass Sie es wissen.»

Er verabschiedete sich und legte auf, und ich konnte mich nicht entscheiden, ob ich zusammen mit meinem Vater traurig sein oder mich vielmehr freuen sollte, dass er sich ganz offensichtlich an etwas aus seinem Leben erinnert hatte, auch wenn es das vielleicht Schmerzlichste war, was aus den Tiefen seines versunkenen Gedächtnisses noch einmal ans Tageslicht hatte aufsteigen können.

Ich ging zurück ins Haus und wartete vor dem Speisesaal auf das Ende des Konzerts, aber Maria, so schien es, war in Singlaune und wollte nicht aufhören, auch dann nicht, als die Pflegekräfte bereits die Türen öffneten und wild in ihre Richtung gestikulierend auf die Wägen mit dem Abendessen deuteten, die sich im Flur vor dem Saal stauten. Als Maria auch darauf nicht reagierte, ging einer von ihnen nach vorne und beendete ihr Konzert, indem er ihr mit einer Verbeugung einen Strauß Blumen überreichte, den er kurz zuvor aus einer der Vasen auf den Tischen gezogen hatte. Maria spielte das Spiel mit, aber als ich sie nach dem Konzert in ihrer Garderobe traf, hatte sie ihre Beherrschung längst von sich geworfen.

«Ist es nicht unglaublich», schrie sie, «da haben die alten Leute eine Freude wie seit zwanzig Jahren nicht mehr, und dann haben die Idioten Angst, dass ihnen ihre Fressmaschinerie durcheinander kommt, und holen mich von der Bühne.»

Marias Garderobe war in einer Art Besenkammer untergebracht, die nur notdürftig für ihre vorübergehende Bestimmung freigeräumt worden war. Auf einem Putzwagen lag der Strauß Blumen, an dem Maria unübersehbar bereits ihre Wut ausgetobt hatte.

«Es war trotzdem schön», sagte ich.

«Ja», sagte Maria, «aber es hätte großartig sein können, und mit so einem Ende ist es einfach nicht großartig. Stell dir vor, ich hatte mir extra *Akropolis adieu* bis zum Schluss aufgehoben, verstehst du, *Es geht mir gut, Chéri* am Anfang und *Akropolis adieu* am Schluss, und dann lassen sie es mich nicht mehr singen, nur weil vor der Tür schon ihre Graubrotcontainer warten.»

Maria nahm ihre Perücke ab und warf sie zu den Blumen auf den Putzwagen. Dort lag sie wie eine abgestreifte Mütze, die fleischfarbene Innenhaut aufgerieben und bereits an mehreren Stellen notdürftig gestopft, ein Stück versehrtes Leben, nackt wie ein abgeschnalltes Plastikbein oder ein Gebiss im Wasserglas. Ich überlegte einen Moment, dann nahm ich Marias Perücke vom Putzwagen und reichte sie ihr.

«Sing es für mich!», sagte ich.

«Für dich?», fragte Maria ungläubig zurück.

Ich nickte. «Ja, dann ist das Konzert komplett.»

Maria zögerte, und ich sah, wie sie innerlich mit irgendwelchen Einwänden kämpfte, aber schließlich nahm sie die Perücke und setzte sie auf. Sie deutete eine kleine Verbeugung an, dann sagte sie «Für Epkes» und sang. Ihre Stimme klang anders als zuvor, rauher und drängender und fast ein wenig aufgeregt. Dabei sang Maria ohne jede Theatralik, ohne Geste, ihre Arme links und rechts eng an den Körper angeschmiegt, als gälte es auf alles zu verzichten, was von ihrem Gesang ablenken konnte, und ich spürte, wie ich mir auf einmal auch ihre Perücke fort wünschte, ihre Perücke, die ich ihr gerade eben selbst noch gereicht hatte und die mir hier in der Besenkammer noch unsinniger vorkam als sonst. Ich schloss die Augen und öffnete sie erst wieder, als Maria ihr Schluss-Adieu sang, eine kleine Verbeugung wie zu Beginn, dann war ihr Auftritt zu Ende.

«Das war großartig», sagte ich, «das war ein großartiges Konzert.»

Maria lächelte kurz, und schließlich umarmte sie mich. «Und Sie», flüsterte sie mir mit ihrem französischen Bühnenakzent ins Ohr, «waren ein wunderbares Publikum.»

Sie strich mir übers Haar, und auch ich strich ihr übers Haar, das sich eigenartig kalt anfühlte, kalt und borstig, aber als ich ihr die Perücke vom Kopf streifen wollte, hielt sie sie fest.

«Später», sagte Maria, «ich brauche sie noch einen Moment», und obwohl ich nicht recht verstand, was sie damit meinte, nickte ich und ließ von ihr ab.

Für die Nacht hatten wir uns in ein Hotel einquartiert. Auch wenn das Zimmer gewiss keinen höheren Ansprüchen genügte, war es noch immer teuer genug, um ein kräftiges Loch in unser Budget zu reißen. Zwar wusste ich nicht, was für ein Budget wir überhaupt hatten, aber als ich schräg gegenüber an einem Bankautomaten hundert Euro zog, gab ich mich keinen Illusionen hin, dass schon mein nächster Versuch ins Leere gehen konnte. Maria kannte das Hotel von früheren Auftritten, trotzdem war ich in Sorge, dass sie Ähnliches im Sinn hatte wie am Abend zuvor, aber sie sagte, das würde nicht stimmen. Wir bestellten Pizza und Wein aufs Zimmer und saßen nebeneinander auf dem Bett und sahen zum Essen einen schwedischen Krimi, in dem ein Superbulle einen Supergangster jagte, der eine Reihe von Supercoups gelandet hatte, aber noch bevor der Superbulle den Supergangster zur Strecke gebracht hatte, waren wir mit dem Essen fertig und schalteten ab. Eine Weile saßen wir stumm nebeneinander, dann sagte ich: «In welche Richtung geht das jetzt eigentlich mit uns?»

Maria drehte sich zu mir um und sah mich an, ernst, vielleicht sogar ein bisschen feierlich.

«In eine gute, glaube ich», sagte sie, aber als ich mich zu ihr hinüberbeugte, um sie zu küssen, hielt sie meinen Kopf mit beiden Händen fest und geleitete ihn sanft zurück zur Wand.

Ihr Gesicht war nah an meinem, und einen Moment glaubte ich, sie würde es sich anders überlegen, aber dann ließ sie mich los und legte ihren Kopf in meinen Schoß. Mein Geschlecht reagierte auf die plötzliche Wärme, die auf ihm ruhte, gerade so viel, dass Maria es bemerken musste, aber es schien ihr gleichgültig zu sein, was sich unter ihrem Kopf abspielte, und ohnehin war das bisschen Aufregung auch schnell wieder vorbei. Ich sah Maria an, und Maria sah mich an, und als ich ihr meine Hand auf die Stirn legte, schloss sie die Augen und ließ es geschehen.

«Alles andere», flüsterte sie, «ist nicht wichtig.»

«Und was», fragte ich, «ist wichtig?»

Maria faltete ihre Hände über dem Bauch, und zum ersten Mal bemerkte ich, wie filigran sie waren.

«Was uns gehört», sagte sie, «der Sex gehört uns nicht.»

«Und du weißt, was uns gehört?»

Maria schlug die Augen auf und lachte. «Nein», sagte sie, «das weiß ich nicht.»

Ich streichelte weiter ihre Haare und ihre Stirn und fuhr ihr Gesicht entlang bis zum Hals, und ohne dass mich Maria noch einmal auf die Grenzgebiete ihres Körpers hinweisen musste, kehrte ich rechtzeitig wieder um.

«Manchmal», sagte sie, «wenn ich in einem Altenheim singe, dann sitzt da irgendwo an einem Tisch ein altes Paar und hält sich an den Händen. Sie sitzen mit den Oberkörpern ein bisschen verdreht, weil es anders nicht geht, wenn sie gleichzeitig noch zur Bühne schauen wollen, aber obwohl es so, wie sie da sitzen, furchtbar unbequem für sie sein muss, tun sie es doch. Es ist immer nur ein Paar, und ich weiß nicht, ob sie miteinander alt geworden sind oder ob sie sich erst vor Kurzem im Altenheim gefunden haben, aber gleichwie, sie berühren mich mehr als alles andere, was ich unterwegs sehe.»

Maria schloss erneut die Augen und veränderte ihre Position in meinem Schoß, ganz leicht nur, aber doch genug, um mein Geschlecht noch einmal in Unruhe zu versetzen.

«Keine Angst», sagte sie, «ich will nicht mit dir alt werden. Es ist nur, weil es manchmal Dinge zwischen Menschen gibt, die man nicht erklären kann.»

Sie griff nach meiner Hand und nahm sie mit zu ihren auf den Bauch, und so lagen und saßen wir den Rest des Abends und der Nacht, und als ich gegen Morgen aufwachte und mein Rücken vom langen Sitzen gegen die Wand schmerzte, nahm ich es hin, als sei dieser Schmerz Teil dessen, was uns gehörte, nicht anders als meine Hand auf ihrem Bauch und ihr Lied in der Besenkammer des Seniorenheims. Noch immer wusste ich nichts über Maria, nichts, was jenseits unserer ersten Begegnung im *Mahagoni* lag, und ich merkte, dass mein Bedürfnis, mehr über sie zu erfahren, mit jeder Stunde, die wir gemeinsam verbrachten, weniger wurde. Ich wollte nichts wissen über ihr früheres Leben, nichts davon, was sie vor ihrer Mireille-Mathieu-Karriere getan, und schon gar nicht, mit wem sie vor mir ihr Bett geteilt hatte. Ich wollte das, was wir miteinander teilten, nicht teilen, nicht mit einer Vergangenheit, die mir im besten Fall gleichgültig war, aber auf einmal erschrak ich vor mir selbst und meinen Gedanken. Ich kannte Maria gerade einmal vier Tage und wollte sie bereits besitzen, besitzen ohne auch nur einen Blick auf ihr früheres Leben zu werfen, doch dann drängte sich mein schmerzender Rücken zurück in mein Bewusstsein, und ich wurde wieder ein wenig milder. Vielleicht dachte man Dinge wie diese einfach, wenn man morgens um fünf mit krummem Rücken gegen die Wand lehnte, oder dachte noch Schlimmeres, aber bevor das Schlimme und noch Schlimmere weitere Kreise durch meine Gedanken ziehen konnte, kippte ich gnädig zurück in den Schlaf.

Am Morgen ging Maria in die Stadt, um Besorgungen zu machen. Ich wartete einige Minuten, dann telefonierte ich mit dem Pflegeheim. Mein Vater hatte aufgehört zu weinen, lag aber erneut völlig lethargisch in seinem Bett und ließ niemanden an sich heran.

«Er macht es uns nicht leicht», sagte die Stationsschwester ohne jeden Vorwurf in der Stimme, «aber machen Sie sich keine Sorgen.»

«Wie soll das gehen?», fragte ich, und während ich noch auf die Antwort der Stationsschwester wartete, hörte ich, wie im Hintergrund Unruhe aufkam.

Eine schrille Männerstimme rief: «Die 31, schnell!», gefolgt von ein paar hellen Pieptönen, die sich vom Telefon wegzubewegen schienen und schließlich verstummten.

«Wir haben einen Notfall, ich muss Schluss machen», hörte ich die Stimme der Stationsschwester, auch sie bereits ein Stück entfernt, dann brach die Verbindung ab.

Mein Vater lag nicht in der 31, sondern zwei Zimmer weiter in der 29, trotzdem versetzte mich die plötzliche Hektik auf der Station in zusätzliche Unruhe. Natürlich wurde im Pflegeheim auch gestorben, aber so nah war der Tod meinem Vater in den Jahren, die er dort verbracht hatte, noch nie gekommen. Dabei war der Patient in der 31 vermutlich noch gar nicht tot. Vielleicht lag er noch nicht einmal im Sterben und war nur aus dem Bett gefallen oder hatte eingenässt oder das ganze mühsam gefütterte Frühstück wieder ausgespuckt. Aber selbst wenn, es hatte nichts mit meinem Vater zu tun. Wie ein Mantra wiederholte ich diesen Satz, so lange, bis ich mich wieder ein bisschen beruhigt hatte. Ich nahm den Lift nach unten, um an der frischen Luft auf andere Gedanken zu kommen, aber die frische Luft hing voller Regen, und ich ging unverrichteter Dinge zurück auf unser Zimmer. Maria blieb lange, und als sie zurückkam, hatte sie nicht mehr als eine Stange Zigaretten und eine Wintermütze gekauft, ein albernes, grobgestricktes Modell mit einem Bommel, der größer war als jeder andere, den ich zuvor gesehen hatte. Die Mütze selbst kam mir indes ein wenig klein vor, und ich fragte mich gerade, wie Maria sie über ihre Mireille-Mathieu-Perücke bekommen mochte, als sie sie mir mit einem Lächeln entgegenstreckte.

«Für dich», sagte sie, «besser, du hast warme Ohren.»

Ich zögerte einen Augenblick, dann nahm ich die Mütze und zwängte sie mir Freude heuchelnd über den Kopf, und als ich mich damit im Spiegel betrachtete, sah ich besser aus als erwartet. Ein bisschen vielleicht wie drei Jahrzehnte zurückversetzt, aber durchaus sportiv und tatendurstig, ja, ich sah aus, als könnte ich im Wald bei minus zehn Grad mit drei Axthieben einen Baum fällen, «schön», sagte Maria, «so habe ich mir das vorgestellt.»

Wir packten unsere Sachen, zahlten und machten uns auf den Weg. Ich wollte Maria eine Freude machen und trug die Mütze auch im Wagen, aber irgendwann zog sie sie mir lachend vom Kopf und warf sie nach hinten. Sie selbst trug die ganze Fahrt über Handschuhe, ein elegantes Ledermodell, das sie, so vermutete ich, erst am Morgen in der Stadt gekauft hatte. Gekauft oder auch nicht, zumindest hatte Maria sie mir aus unerfindlichen Gründen nach ihrer Rückkehr vorenthalten. Jetzt freilich trug sie die Handschuhe wie eine Trophäe, und als sie beim Auffahren auf die Autobahn hochschaltete, sah ich, dass an der Innenseite am Handgelenk noch das Größenschild klebte.

Wir brauchten keine Stunde bis Montabaur, und als wir dort ankamen und nach kurzer Suche am Stadtrand das Sportlerheim gefunden hatten, in dem Maria am Abend auftreten sollte, lasen wir an der Tür, dass das Konzert abgesagt war. Ohne weitere Begründung, eine handschriftliche Krakelei mit einem Kugelschreiber, dem zum Ende der Nachricht die Tinte ausgegangen war, lieblos wie der Ort, und so sehr ich mit Maria litt, die mit fassungslosem Blick vor dem Schild stand und die schlichten Sätze ein ums andere Mal neu zu lesen schien, hatte ich das sichere Gefühl, dass ihr auf diese Weise etwas erspart blieb.

«Das geht nicht», sagte sie leise, «so geht das nicht.»

Ich sah, dass Maria den Tränen nah war. Sie versuchte, die Tür zu öffnen, aber die Tür war verschlossen, und auch sonst fand sich niemand auf der Anlage, der irgendeine Erklärung zu dem Schild hätte abgeben können. Über dem Sportlerheim und den angrenzenden Fußballplätzen lag ein klammer Oktobernebel, und ich bereute gerade, meine neue Mütze im Wagen gelassen zu haben, als Maria aus ihrer vorübergehenden Lähmung erwachte und begann, die Tür mit Tritten zu traktieren. Ich hatte mich einige Meter vom Sportlerheim wegbewegt, um mir einen besseren Überblick über die Anlage zu verschaffen, und dachte gerade, dass Maria ein paar Tritte gegen die Tür schon zustanden, als ich sah, wie sie in ihrer Treterei innehielt, sich kurz umschaute und schließlich einen Stein vom Boden aufhob.

«Was machst du?», schrie ich, aber Maria hatte bereits ausgeholt, und schon im nächsten Moment barst die Scheibe der Tür.

«Holen, was mir zusteht», rief sie zurück und griff nach innen, Sekunden später war sie im Sportlerheim verschwunden.

Unfähig, einen klaren Gedanken zu fassen, blickte ich auf die geöffnete Tür und die Scherben auf den Fliesen des Eingangs und erst, als Maria nach fünf Minuten noch immer nicht wieder aufgetaucht war, folgte ich ihr. Der Flur war lang und nur kärglich beleuchtet von zwei Oberlichtern, an den Wänden Fotos glücklicher Männer, die Pokale in die Luft stemmten. Ich fand Maria im Gastraum inmitten der Überreste eines Festgelages, das dort am Vorabend stattgefunden haben musste, und das, wie es schien, keiner für ein paar französische Schlager hatte aufräumen wollen. Sie saß auf einem Stuhl und hielt mir in der einen Hand eine angebrochene Flasche Remy Martin und in der anderen eine Hähnchenkeule entgegen, die sie bereits zur Hälfte abgeknabbert hatte.

«Mehr», sagte sie, «ist hier nicht zu holen.»

Ich blieb einen Moment stehen und sah Maria an, dann ging ich auf sie zu und setzte mich neben sie. Mit ihrer angeknabberten Hähnchenkeule deutete sie zum Buffet, das sich rechtwinklig zum Tresen des Gastraums die gesamte Stirnwand entlang zog.

«Hol dir was», sagte Maria, «das spart uns wenigstens das Mittagessen.»

«Verdammt, wir müssen hier weg», erwiderte ich, aber Maria schien nicht die geringste Eile zu haben.

Akribisch nagte sie die letzten Reste von ihrer Keule ab und warf sie schließlich in ein kleines Eimerchen für Tischabfälle, aus dem bereits andere Knochenreste ragten. Direkt daneben sah ich Marias Handschuhe liegen, und vergeblich versuchte ich mich zu erinnern, ob sie sie beim Werfen des

Steins noch getragen hatte oder nicht. Maria lächelte mich an. Sorgfältig wischte sie sich mit einer noch unbenutzten Serviette ihren Mund und ihre Hände, und genauso sorgfältig faltete sie die Serviette anschließend wieder zusammen und legte sie zurück auf den Tisch.

«Komm schon», sagte sie, «kein Mensch glaubt, dass eine Sängerin in das Haus einbricht, in dem sie am Abend singen soll. Wenn jemand kommt, dann war die Tür einfach schon vorher eingeworfen. Und für zwei alte Hähnchenkeulen wird man uns kaum vor Gericht schleppen.»

Maria nahm ihre Handschuhe vom Tisch und deutete damit noch einmal zum Buffet. «Letzte Chance, du wirst es bereuen.» Sie lachte, und als sie im nächsten Moment aufstand und mit der Flasche Remy Martin in Richtung Ausgang ging, folgte ich ihr, ohne dem Essen einen weiteren Blick zu schenken.

Am Nachmittag fuhren wir zurück an den Rhein. Obwohl Maria ihren ersten Auftritt in Bingen erst am nächsten Tag hatte, wollte sie sichergehen, dass ihr keine weitere Überraschung ins Haus stand. Wieder war es ein Altersheim, das Maria gebucht hatte, aber anders als in Remagen trat sie dort gleich an zwei Tagen hintereinander auf.

«Einmal für die Rüstigen und einmal für die Dementen», sagte sie, als wir auf den Parkplatz des Altersheims einbogen, ein Scherz, der mich so unvermittelt wie nackt traf.

Ich schaute aus dem Seitenfenster, um Maria nichts von meiner plötzlichen Aufgewühltheit zu zeigen, aber Maria hatte meine Unruhe längst bemerkt. Sie steuerte ihren Wagen in die erstbeste Parklücke, die sich ihr bot, und stellte den Motor ab.

«Was ist?», fragte sie. Sie nahm ihre rechte Hand vom Lenkrad und legte sie auf mein Knie.

«Ach nichts», sagte ich, «eine Erinnerung», und als Maria ihre Hand wenig später wieder wegziehen wollte, hielt ich sie fest.

«Noch zehn Sekunden», sagte ich, und als die zehn Sekunden vorüber waren, hielt ich sie weiter fest, fest und noch ein bisschen fester, so lange, bis Maria ihre Hand schließlich unter meiner hervorzog, vorsichtig, dass es mir wie ein Streicheln vorkam.

«Bis gleich», sagte sie leise, «lauf mir nicht davon.»

Maria stieg aus, und ohne sich noch einmal nach mir umzudrehen, war sie wenig später im Eingang des Altersheims verschwunden.

Ich wartete auf dem Beifahrersitz, und als mir das Warten zu lang wurde, legte ich mich hinten aufs Bett. Ich spürte, wie ein später Mittagshunger in mir aufzusteigen begann, und wollte gerade schon bereuen, dass ich mich nicht wie Maria im Sportlerheim mit ein paar Hähnchenkeulen versorgt hatte, als mit bewusst wurde, dass ich so an dem Einbruch strenggenommen gar nicht beteiligt gewesen war. Weder hatte ich den Stein geworfen noch hatte ich das Buffet geplündert, und solange ich die Flasche mit dem Remy Martin nicht anrührte, konnte mir niemand etwas am Zeug flicken. Beruhigt schloss ich die Augen, aber schon im nächsten Moment schmeckten meine Gedanken schal. Wer war ich, dass ich mich wie ein mieser kleiner Feigling hinter Maria versteckte? Niemand war uns auf den Fersen, und ich versuchte bereits, mich auf ihre Kosten aus jeglicher Verstrickung herauszureden. Ich griff nach der Flasche Remy Martin, die neben dem Bett auf Marias Konzerttasche lag, und nahm einen kräftigen Schluck, und obwohl der Alkohol meinen leeren Magen kurz zusammenkrampfen ließ, gleich noch einen zweiten hinterher.

Als Maria zurück in den Wagen kam, war ich eingeschlafen. Ein kurzer Dämmer nur, halb des Remy Martins und halb wohl auch der durchsessenen Nacht wegen, genug, um beim Aufwachen für einen Moment nicht zu wissen, wo ich war. Maria stand neben dem Bett und lächelte mich an.

«Alles in Ordnung», sagte sie und legte sich zu mir, «sie freuen sich auf mich.»

«Und du?», fragte ich.

Maria streifte sich die Schuhe von den Füßen und machte eine ihrer Gelenkigkeitsübungen, bei denen mir schon vom Zusehen alle Knochen weh taten. Sie lag auf dem Rücken, kreuzte ihre ausgestreckten Beine über dem Kopf und ließ sie gegen jede Vernunft mehrmals auf und ab wippen.

«Ich freue mich auch», sagte sie mit leicht gepresster Stimme, «besonders, dass du hier bist.»

Sie lachte. Dann faltete sie sich wieder auseinander und küsste mich auf den Mund. Kurz nur, dazu ein wenig schief und eher neben als auf den Mund, aber mit den Rändern unserer Lippen berührten wir uns doch, und wenn nicht, dann fehlten nur Millimeter. Ich hoffte auf einen zweiten Kuss, ein wenig präziser als der erste, aber Maria war schon wieder von mir abgerückt und stakte auf ihren Knien zum Bettrand.

«Lass uns rausgehen und ein paar Menschen erschrecken», sagte sie.

«Menschen erschrecken?», fragte ich vorsichtig zurück.

Maria lachte. «Na gut, dann nicht, aber raus will ich trotzdem.»

Sie stand auf und stieg in ihre Schuhe, und Sekunden später öffnete sie mit übergeworfener Jacke die Tür.

«Ich warte draußen», sagte Maria, aber als ich ihr Augenblicke später folgte, war sie nirgends zu sehen. Ich lief zwei Mal den Parkplatz ab und ging schließlich die paar Schritte zum Eingang, um im Haus nach ihr zu suchen, als ich sie keine fünfzig Meter entfernt entdeckte. Maria stand, den Oberkörper leicht nach vorne gebeugt, ein Bein an ein Mäuerchen angestellt und telefonierte. Ja, Maria telefonierte, und wenngleich es nichts gab, was ich dagegen hätte einwenden können, kränkte mich ihr Anblick. Vielleicht war es dumm zu denken, dass Maria kein Leben außerhalb ihres Camping-Busses hatte, keins, das sie mit anderen Menschen, anderen Orten verband, aber genau das war es, was ich geglaubt hatte. Sie lachte und gestikulierte, und jedes Lachen, jede Geste versetzte mir aufs Neue einen Stich. Ich wollte nicht, dass Maria mich entdeckte, und ging zurück zu ihrem Wagen, und als sie mich wenig später dort abholte, erwähnte sie ihr Telefonat mit keinem Wort. Sie hakte sich unter und lenkte unsere Schritte in Richtung Rhein, ein paar Minuten nur, in denen wir kaum mehr als das Nötigste sprachen, im Grunde genommen nichts. Am Ufer angekommen, setzten wir uns auf eine Bank und sahen den Schiffen zu, zu oder nach, vielleicht auch zu und nach, ich war nicht recht bei der Sache.

«Wo bist du?», fragte Maria.

Sie hakte sich aus und schaute mich von der Seite an. Ich spürte ihren Blick, ohne dass ich ihn sah, und spielte mit den Fingern ein bisschen mit den Reißverschlusszipfeln meiner Jacke. Vor uns auf dem Rhein fuhr laut röhrend ein Motorboot vorbei, das einen Wasserskifahrer im Schlepp hatte, der einige waghalsige Manöver machte, von denen eins schiefging. Er stürzte und tauchte unter, aber schon Augenblicke später war er zurück an der Wasseroberfläche und winkte in Richtung des Bootes, das längst umgedreht hatte und auf ihn zusteuerte. Längsseits schob es sich an ihn heran, und ich sah, wie die beiden Männer an Bord mit dem Wasserskifahrer scherzten, bevor sie ihn mit geübtem Griff aus dem Wasser zogen und schließlich gemeinsam davonfuhren.

«Warum», fragte ich irgendwann und ohne rechten Plan, «machst du das alles eigentlich?»

«Was meinst du?», fragte Maria zurück.

«Diese ganze Tourerei. Du hast eine großartige Stimme, aber du trittst in Altersheimen oder sonstwo auf, wo es nichts zu holen gibt. Ich meine, das muss doch auf Dauer frustrierend sein, immer wieder auf die Bühne zu steigen und sein Bestes zu geben und dabei genau zu wissen, dass andere, die nur halb so viel können, in vollbesetzten Konzertsälen singen.»

Maria sah mich einen Augenblick lang unbewegt an, dann stand sie auf und ging vor zur Mauer, die den Uferweg vom Wasser trennte. Einen kurzen Moment blieb sie dort stehen und sah auf den Fluss oder sah hinüber zum anderen Ufer, an dem ein Schnellzug vorbeiglitt, der an der Oberleitung Funken schlug. Maria hatte ihre Hände in den Taschen ihrer Jacke vergraben und wirkte auch sonst, als ob sie fröre, dabei war die Luft mild wie seit Tagen nicht mehr. Schließlich drehte sie sich um und setzte sich auf das Mäuerchen. Maria schaute in meine Richtung. Ja, in meine Richtung, obwohl wir keine fünf Meter voneinander entfernt saßen, konnte ich nicht mit Bestimmtheit sagen, ob sie in mein Gesicht sah oder knapp daran vorbei. So verharrte sie einen

Moment, dann zog sie die Hände aus ihren Taschen und faltete sie um ihre Knie.

«Ok», sagte Maria, «nur mal so zur Klarstellung. Ich lebe mein Leben und du lebst deins. Dass wir uns getroffen haben und hier zusammen am Rhein sitzen, ist schön, ändert daran aber nichts. Ich habe eine einigermaßen klare Vorstellung von dem, was ich tue, und so gut wie keine davon, was du machst. Das einzige, was ich von dir weiß, ist, dass du Garderobendienste in einer kleinen Konzertkneipe schiebst, und ich bin mir einigermaßen sicher, dass du das nicht dein ganzes Leben lang getan hast. Aber selbst wenn, wäre mir das egal, und bis vor zwei Minuten hätte ich gesagt, ich mag dich genau so, wie du bist. Wenn du aber meinst, mir sagen zu wollen, wie ich mein Leben zu leben habe, dann ist es damit ganz schnell vorbei. Vielleicht denkst du, du hast irgendwas von dem kapiert, was ich mache, aber das hast du nicht. Es hat lange gedauert, bis ich an der Stelle war, an der ich heute bin, und das lasse ich mir von niemandem kleinreden. Auch von dir nicht. Du weißt nicht, was davor war, und glaub mir, das willst du auch gar nicht wissen. Besser, du denkst nicht einmal darüber nach. Klar, das sind nicht die großen Konzertsäle, in denen ich auftrete, und um ehrlich zu sein, waren es auch nie andere. Aber bevor du das alles mies und schäbig findest, solltest du vielleicht wenigstens einen Gedanken daran verschwenden, dass ich trotz allem genau das tue, was ich tun möchte, und ich glaube nicht, dass du das von dir selbst auch behaupten kannst.»

Maria hielt inne und sah mich an. Vielleicht erwartete sie, dass ich etwas erwiderte, vielleicht auch holte sie nur kurz Luft oder gab mir die Chance, Luft zu holen, dabei atmete ich längst nicht mehr und hatte auch nicht vor, noch einmal damit anzufangen. Drei laut palavernde Fahrradfahrer fuhren zwischen uns hindurch, und für einen Moment wünschte ich mir, einer von ihnen würde mich auf seinem Gepäckträger mitnehmen, mitnehmen und ein paar Kilometer weiter einfach wieder absetzen, ohne in der Zwischenzeit auch nur eine Sekunde mit seinem Palaver ausgesetzt zu haben. Einem Palaver, das nicht mir galt, mit dem ich nichts zu tun hatte und das an mir vorbeirauschte wie der Fahrtwind oder der Rhein, auf dem sich erneut ein Wasserskifahrer mit seinen Kunststücken zeigte, derselbe wie zuvor oder ein anderer, ich wusste es nicht.

«Es tut mir leid», sagte ich leise, «das wollte ich nicht.»

Ich schaute zu Maria und sah sie kurz nicken, dann nahm sie ihre Beine und schlug sie über das Mäuerchen zur Flussseite. Ich versuchte in ihrem Rücken zu lesen, aber ich war nicht geübt im Rückenlesen, schon gar nicht, wenn der Rücken in einer wattierten Jacke steckte, die jegliche Regung unter sich begrub. Immerhin ein halber Kopf schaute oben aus ihrem Kragen heraus, aber auch der gab mir keine Aufschlüsse darüber, was in Maria vorging. In Wahrheit wusste ich noch nicht einmal, was in mir vorging, außer, dass ich mich verstört fühlte, verstört und grau, und dass sich Marias letzter Satz in mein Gehirn gemeißelt hatte wie eine Gravur in einen Grabstein. Ich stand auf und ging zum Mäuerchen, und als ich mich neben Maria setzte, sah ich, dass sie geweint hatte.

«Danke für dein Kompliment», sagte sie.

«Ach ja, das», erwiderte ich und wusste einen Moment nicht mehr, was genau ich überhaupt zu Maria gesagt hatte, und als es mir wieder einfiel, beeilte ich mich hinzuzufügen: «Glaub mir, Mireille Mathieu ist nichts dagegen.»

Maria schüttelte den Kopf. «Das meine ich nicht. Du hast gesagt, dass ich immer wieder auf die Bühne steige und dort mein Bestes gebe. Wahrscheinlich war das noch nicht einmal als Kompliment gedacht, aber genau das ist es, was ich möchte. Für die, die da unten sitzen und mir zuhören und die vielleicht gerade für einen kurzen Moment vergessen haben, dass schon wieder das ganze Geld für den Monat weg ist oder dass ihnen am Abend der Katheter gewechselt wird oder die Windel oder beides. Vielleicht tun ihnen auch nur die Füße weh, wie ihnen jeden Abend die Füße weh tun, und während ich *Merci Chéri* singe, tun ihnen die Füße eben auf einmal nicht mehr weh, verstehst du? Und weil ihnen die Füße nicht mehr weh tun und ich genau das in ihren Gesichtern sehe, tut auch mir nichts mehr weh. Denk also bloß nicht, ich mache das alles nur aus Nächstenliebe. Das ist der reine Egoismus, aber wenigstens einer, der für was gut ist.»

Maria sah mich an. Sie lächelte kurz oder versuchte zu lächeln, so richtig hatte ihr Gesicht ihre Traurigkeit von zuvor noch nicht wieder losgelassen.

«Und was meine Stimme und die von Mireille Mathieu angeht, da hast du leider keiner Ahnung. Ist aber trotzdem schön, wenn du glaubst, dass ich so gut singe wie sie.»

«Nein, nein, du bist», begann ich zu protestieren, doch Maria legte mir den Finger auf die Lippen und brachte mich so zum Verstummen.

«Du hast schon genug Unsinn geredet», flüsterte sie, «jetzt ist Schluss.»

Ich nickte und sah zurück zum Fluss, der wieder still vor sich hinfloss, kein Frachtkahn, kein Wasserskiläufer, der die Ruhe störte, einzig ein paar Ruderer pflügten nahe des gegenüberliegenden Ufers mit gleichmäßigen Schlägen durchs

Wasser. Ich wollte ihnen nachsehen, bis sie aus meinem Blickfeld verschwunden waren, aber sie verschwanden nicht, ja, sie bewegten sich kaum, und erst nach einiger Zeit begriff ich, dass sie gegen die Strömung ruderten. Ein wenig beneidete ich sie um ihren Ehrgeiz, dem Fluss die Stirn zu bieten, aber schon im nächsten Moment nahmen sie wie auf ein Kommando ihre Ruderblätter aus dem Wasser und ließen sich zurück ans Ufer treiben.

«Bist du traurig?», fragte Maria unvermittelt in die Stille zwischen uns.

Sie fasste nach meiner Hand und hakelte sich in meine Finger, und als ich sie zusammen mit meinen in meine Jackentasche schob, ließ sie mich gewähren, wie auch, als ich meinen Kopf gegen ihre Schulter lehnte und mich dort ein wenig vergrub. Kurz darauf begann Maria zu singen. Ganz leise, fast nur ein Summen, eine Melodie so schlicht wie die eines Kinderlieds, ein Lied, das mir, obwohl ich mir sicher war, es nie zuvor gehört zu haben, schon nach wenigen Sekunden vertraut vorkam. Ich schloss die Augen und spürte, wie Marias Körper unter ihrem Summen vibrierte, ein Vibrieren, das über ihre Schulter und meine Wange auch mich vibrieren ließ, meinen Kopf, meine Schulter, den gesamten Rumpf, ja, Maria und ich waren ein einziges gemeinsames Vibrieren, auch dann noch, als sie ihr Summen längst eingestellt hatte und stattdessen mit ihrer freien Hand mein Gesicht berührte und schließlich streichelte wie das eines Kindes.

«Vielleicht», sagte ich leise, «könntest du einmal für meinen Vater singen.»

«Warum, was ist mit deinem Vater?»

Maria hörte auf mich zu streicheln und löste Augenblicke

später auch die Verhakelung unserer Hände in meiner Jackentasche. Sie rückte ein kleines Stück von mir weg, und als ich noch einmal versuchte, meinen Kopf gegen ihre Schulter zu lehnen, wies sie mich ab.

«Erzähl schon, was ist mit ihm?»

Ich zögerte weitere Sekunden, dann sagte ich: «Er hat nur noch mich, aber er erkennt mich nicht mehr.»

Maria hob ihre Beine über die Mauer auf die Seite des Uferwegs und stand auf. Sie ging ein paar Schritte hin und her, als würde sie nachdenken, bevor sie schließlich in meinem Rücken stehenblieb und mich an den Schultern fasste.

«Nur dass ich das richtig verstehe», sagte sie, leicht über mich gebeugt, «dein Vater liegt irgendwo allein in einem Heim, und du fährst hier mit mir durch die Gegend und hörst mir zu, wie ich französische Lieder singe?»

«Er vermisst mich nicht. Er weiß gar nicht, dass es mich gibt.»

«Woher willst du das wissen? Vielleicht tut er den ganzen Tag nichts anderes, als dich zu vermissen, und kann es nur nicht sagen, weil es in seinem Kopf nichts mehr gibt, was *Vermissen* und *Sohn* in einem Gedanken unterbringen kann.»

Maria nahm ihre Hände von meinen Schultern, und Augenblicke später spürte ich, wie sie sie unter meine Achseln schob und mir bedeutete aufzustehen. Ich drehte mich zu ihr um und sah sie fragend an.

Sie nickte. «Bis morgen Nachmittag sind wir wieder zurück.»

«Sofort?»

«Ja», sagte Maria, «sofort.»

IV Das Verhältnis meines Vaters zur Musik war ein Mysterium, und schon kurz hinter Bingen fragte ich mich, wie ich auf die Idee, Maria um ein paar Lieder für ihn zu bitten, überhaupt hatte kommen können. Ich war mir sicher, dass er kein einziges Konzert in seinem Leben besucht hatte, und wenn doch, dann war er aus Versehen dort hineingeraten, warum also jetzt damit anfangen? Lange Zeit waren wir ein Haus ganz ohne Musik gewesen, eine Tatsache, die mir erst in dem Moment wirklich aufgefallen war, da wir im Musikunterricht aufgefordert wurden, die Lieblingsplatte unserer Eltern von zu Hause mitzubringen, und ich der einzige war, der mit leeren Händen in die nächste Stunde kam. Zwar gab es im Wohnzimmer meiner Eltern einen Plattenspieler, der zudem an exponierter Stelle inmitten unserer Schrankwand stand, aber außer ein paar alten Weihnachtsplatten besaßen wir nichts, was wir darauf hätten abspielen können, und bevor ich mit einer Weihnachtsplatte in den Unterricht kam, kam ich lieber mit nichts.

Die Sache mit der Musik in unserem Haus änderte sich erst, als meine Großmutter starb. Ich hatte sie kaum gekannt, und es war mir immer so vorgekommen, als ob auch mein Vater sie kaum kannte, zu Besuch bei ihr waren wir jedenfalls nie, und das einzige, was ich von ihr wusste, war, dass sie einmal deutsche Meisterin im Rhönrad-Turnen gewesen war. Mein Vater war drei Tage lang verreist, um ihre Wohnung auszuräumen, und als er zurückkam, hatte er das Auto voller Taschen und Koffer, die ungeöffnet in den Keller wanderten und die dort unverändert noch immer standen, als ich selbst zwanzig Jahre später das Haus meiner Eltern auflöste.

Das einzige Stück, das meinen Vater unter all dem mitgebrachten Krempel interessierte, war eine alte, mit reichlich Flugrost behaftete Querflöte, die er im Schlafzimmer hinter einem Stapel Bettwäsche gefunden hatte. Die Frage, warum meine Großmutter sie dort versteckt hielt, ließ sich nicht mehr beantworten, so wenig wie die, wer sie einmal gespielt hatte, aber all das interessierte meinen Vater nicht. Schon am Abend seiner Rückkehr versuchte er der Flöte erste Töne zu entlocken, und auch wenn sich das Instrument hartnäckig dagegen sperrte, war der Ehrgeiz meines Vaters geweckt.

«Ihr werdet schon sehen», sagte er und verzog sich fortan jeden Abend zum Üben in den Wirtschaftsraum meiner Mutter, und obwohl von dort tatsächlich bald schon erste Flötengeräusche zu uns nach draußen drangen, sahen wir nichts. Nichts von irgendwelchen Fortschritten, die sich auch nach Monaten auf einzelne Töne beschränkten, die er bisweilen sauber traf, und nichts von meinem Vater selbst, der nie vergaß, die Tür hinter sich sorgfältig zu verschließen und sich so im Zimmer zu plazieren, dass jeder Versuch, einen Blick durchs Schlüsselloch auf ihn zu erhaschen, buchstäblich ins Leere ging.

Anders als meine Mutter und ich schien mein Vater von der Mühsal des Musizierens gänzlich unbeeindruckt. Im Gegenteil intensivierte er sein Bemühen noch und kaufte gleich mehrere Selbstlernbücher, die angeblich keine Vorkenntnisse, wohl aber ein Mindestmaß an Talent voraussetzten, ein Talent, von dem mein Vater völlig unbefleckt war. Weit mehr als an seinen falschen Tönen litt ich freilich darunter, dass er sich so offenkundig um etwas mühte, das er nie würde erlernen können. Vielleicht seiner groben Tischlerarme wegen, vielleicht auch einfach nur, weil er kein Gefühl für Musik hatte, aber obwohl ich mir im Klaren darüber war, dass jedes noch so kleine Erfolgserlebnis unser aller Leiden nur verlängerte, zitterte ich im Stillen mit ihm um jeden einzelnen Ton.

Zu meiner Überraschung war es meine Mutter, die dem Ganzen eines Tages ein Ende setzte.

«Irgendeiner», sagte sie, «muss es ihm sagen.»

Sie wuchtete ihren schweren Körper vom Küchentisch hoch, an dem sie gesessen und mit der ihr eigenen Bedächtigkeit Gemüse geschält hatte, und hämmerte so lange an die verschlossene Tür des Wirtschaftszimmers, bis sie aufging und der vom Üben hochrote Kopf meines Vaters darin erschien. Als hätte er lange schon auf diesen Moment gewartet, reichte er meiner Mutter wortlos die Querflöte, die sie genauso wortlos entgegennahm, und ich wusste nicht, über was ich mich mehr wundern sollte, über die Gefügigkeit meines Vaters oder über meine Mutter, die soeben den womöglich ersten emanzipatorischen Akt ihres Ehelebens vollzogen hatte. Den ersten und vermutlich auch den letzten, schon beim Abendessen war alles wieder beim alten. Mein Vater war nörgelig und kommandierte meine Mutter herum wie einen Zirkushund, und anstatt aus der Sache mit der Flöte ein neues Selbstbewusstsein zu entwickeln, fügte sie sich seinen Launen noch duldsamer als sonst. Ein paar Mal wollte ich sie in den Tagen danach darauf ansprechen, auf ihren Mut, sich meinem Vater entgegengestellt zu haben, wenigstens dieses eine Mal, aber dann fehlte mir selbst der Mut, der Mut oder vielleicht einfach nur die Nähe, und als meine

Mutter sieben Jahre darauf starb, tat sie auch das duldsam und ohne Klagen und letztendlich allein.

Als wir in meiner Wohnung ankamen, war es bereits dunkel. Sie war kalt und roch noch immer nach dem letzten Essen, das ich mir gemacht hatte, einem Fertigfischgericht aus dem Backofen, aber Maria schien sich weder an dem einen noch an dem anderen zu stören. Lächelnd zog sie ihre Jacke aus, warf sie über die Lehne des nächstbesten Stuhls und ging zum Fenster.

«Schön», sagte sie, nachdem sie ein paar Sekunden still in die Nacht geblickt hatte, «kannst du den Fluss sehen?»

Sie drehte sich zu mir um, und noch bevor ich antworten oder auch nur nicken konnte, fügte sie hinzu: «Am liebsten würde ich gleich jetzt zu deinem Vater gehen.»

Maria löste sich vom Fenster und küsste mich auf die Stirn wie ein krankes Kind. Sie roch ein wenig aus dem Mund, und mir fiel ein, dass wir seit unserer Abfahrt in Bingen nichts mehr gegessen hatten.

«Ich kann uns was kochen», sagte ich.

Maria schüttelte den Kopf. Sie zog die Nase kraus und lachte, dann ging sie ins Badezimmer und schloss hinter sich die Tür. Keine zehn Minuten später lagen wir nebeneinander im Bett. Maria hatte ihre Hand auf meiner Brust, kraulte sie sogar durch den Stoff meines Pyjamas ein wenig, und obwohl ich nicht glaubte, dass sie vorhatte, in andere Regionen damit vorzudringen, hielt ich ihre Hand irgendwann fest. Ich bildete mir ein, dass die Bettwäsche noch immer nach Sonja roch, nach ihrem Parfüm, ihrem Schweiß, vielleicht fanden sich sogar noch ein paar Schamhaare von ihr, und zum ersten Mal fühlte sich Marias Nähe falsch für mich an.

Falsch an diesem Ort, in diesem Bett, das nicht zu uns gehörte, das eine andere Geschichte hatte, und fast kam es mir vor, als würde ich die eine mit der anderen betrügen. Sonja mit Maria oder Maria mit Sonja, so recht war ich mir nicht im Klaren darüber.

«Vielleicht», sagte Maria leise, «will ich dir doch irgendwann etwas von mir erzählen, aber jetzt ist es noch zu früh.»

Sie zog ihre Hand unter meiner hervor und schob sie stattdessen unter ihre Wange, aber so recht schien sie ihr auch dort nicht zu behagen, und schließlich rollte sie sich ganz von mir weg und legte die Arme neben ihrem Körper ab wie in einem Krankenbett.

«Ich habe dich neulich telefonieren sehen», sagte ich.

«Das meine ich nicht», erwiderte Maria, «darüber kann ich dir jetzt schon alles erzählen. Aber vermutlich wirst du dich nicht so wahnsinnig dafür interessieren, wie es den Zwergkaninchen meiner Nichte geht und wie ihr Geburtstag war und warum sie sich mit ihrer Freundin gestritten hat.»

«Vielleicht ja doch.»

Maria nickte. «Es geht ihnen wieder gut.»

«Den Kaninchen?»

«Ihr und ihrer Freundin, morgen gehen sie zusammen in den Zoo.»

Ich griff nach Marias Hand, die schwer und leblos neben mir auf der Matratze lag und in die auch kein Leben kam, als ich versuchte, mich mit den Fingern in ihr zu verhakeln. Schließlich ließ ich von ihr ab und drehte mich auf die Seite, die Hand unter meiner Wange wie Maria zuvor.

«Und du?», fragte ich. «Ich fahre jetzt schon ein paar Tage mit dir durch die Gegend, und alles, was du von mir weißt, ist, dass ich ein paar Mal in der Woche Jacken aufhänge. Vielleicht sollte ich ja erst mal was von mir erzählen.»

Ich sah, wie Maria nickte und wie ein kurzes Lächeln über ihr Gesicht flog, dann schloss sie die Augen. Im Grunde wusste ich nicht, mit was ich anfangen sollte und ob ich überhaupt anfangen sollte. Vielleicht war ich schneller mit meinem Leben fertig, als mir lieb sein konnte, und entlarvte mich so vor Maria als schrecklicher Langweiler. Oder schlimmer noch, entlarvte mich vor mir selbst als schrecklicher Langweiler, und noch während ich über die Ödnis meines Lebens nachdachte, öffnete Maria ihre Augen wieder und sah mich herausfordernd an.

«Also gut», sagte sie, «dann erzähle ich dir von deinem Leben. Bis vor kurzem hast du noch eine feste Arbeit gehabt. Wahrscheinlich nicht irrsinnig aufregend, aber solide und ordentlich bezahlt. Der Garderobenjob ist nur eine Überbrückung, bis du wieder was Neues gefunden hast, was in deinem Alter nicht ganz einfach ist. Du lebst noch nicht allzu lange in dieser Wohnung, und du fragst dich, wie lange du sie ohne festen Job noch halten kannst. Vielleicht hast du auch noch Ersparnisse, aber so richtig glaube ich das nicht. Bis vor kurzem hat es hier eine Frau gegeben. Sie hat nicht hier gewohnt, aber sie war vermutlich nicht nur ein paar Mal da. Vielleicht kommt sie auch wieder, aber das weißt du nicht. Du kannst nicht kochen und bist auch sonst im Haushalt nicht sehr begabt. Ein gewisser Hang zur Genügsamkeit, der ab und an ins Geizige kippt. Keine Kinder. Möglich, dass du mal welche wolltest, aber das ist schon eine ganze Weile her. Ach ja, und Pingpong spielst du.»

Maria richtete ihren Oberkörper auf und deutete mit einer knappen Geste ihres Kopfes zum Flur.

«Der Schläger», sagte sie, «auf dem Tisch.»

Ich versuchte Marias Blick standzuhalten, aber schon nach wenigen Sekunden wich ich ihm aus und sah über sie hinweg zum Fenster. Aus dem Kamin des Nachbarhauses fädelte sich eine dünne Rauchsäule in den Nachthimmel, ein paar Sterne, kein Mond. Ich hörte Maria neben mir atmen, nein, ich hörte mich atmen, ein wenig schneller als sonst, fast so, als hätte ich gerade eine kleine Anstrengung hinter mir. Vielleicht eine Hausarbeit, die mir nicht lag, oder eine Runde Sex, die Maria nicht lag, es gefiel mir nicht, dass sie mein Leben sezierte und noch weniger, dass sie Pingpong sagte, Pingpong, wie mein Vater, kurz nachdem er unsere Platte kaputtgeschlagen hatte, «Tischtennis», flüsterte ich, «ich spiele Tischtennis», und mehr sagte ich nicht.

Am Morgen klingelte es an der Wohnungstür. Wir lagen beide noch im Bett, aber anders als Maria hatte ich bereits Kaffee getrunken und ein paar Minuten am Fenster zugebracht, hatte hinausgeblickt in den Nebel, der so dicht war, dass ich noch nicht einmal das Nachbarhaus sehen konnte, und als er plötzlich doch aufriss und den Blick freigab auf ein paar Morgenmenschen, die sich geschäftig in den Wohnungen gegenüber ihr Morgenleben zusammenfummelten, wandte ich mich ab und legte mich zurück ins Bett.

Ich schaute auf den Wecker neben mir, dessen Leuchtziffern genau in diesem Moment auf acht Uhr umsprangen, eine Zeit, zu der Sonja normalerweise noch nicht auf den Beinen war. Trotzdem war ich mir sicher, dass sie es war. Sonja, die sich noch einmal alles überlegt hatte, die mir meinen brüsken Rauswurf großmütig verzieh und die wieder Freundschaft mit mir schließen wollte, möglicherweise sogar mehr als das. Auch Maria schien zu wissen, wer draußen vor der Tür stand, dabei hatte ich gehofft, dass sie das Klingeln überschlief.

«Jetzt geh schon», sagte Maria, «sie wird mich schon nicht erschießen.»

Ich nickte und wühlte mich aus dem Bett, und einer plötzlichen Eingebung folgend streifte ich mir im Flur den Schlafanzug ab. Sonja sollte ruhig sehen, dass auch ich andere Optionen für mein Leben hatte, aber draußen im Treppenhaus stand nicht Sonja, sondern der Paketbote, der 175,20 Euro Nachnahme von mir wollte und der gar nicht erst versuchte, meine Nacktheit zu übersehen. Ich erinnerte mich, einige Wochen nach meinem Rauswurf bei Walter & Kremer im Internet einen Multi-Trainer bestellt zu haben, ein Gerät, mit dem ich mich ein wenig für mein rauer gewordenes Leben hatte stählen wollen und das vorübergehend ausverkauft gewesen war. Ich hatte die Bestellung längst vergessen und nun, da sie in einem schlanken Karton neben meiner Tür im Treppenhaus gegen die Wand lehnte, erschien sie mir gänzlich unnütz und fast ein wenig peinlich.

«Ich habe gerade kein Geld im Haus», sagte ich, «vielleicht kommen Sie morgen wieder.»

Der Mann schüttelte den Kopf. «Vergessen Sie's», sagte er, «noch mal trage ich Ihnen das Ding hier nicht rauf. Und außerdem: Wer sagt mir denn, dass Sie dann flüssig sind, Sie haben ja nicht mal was zum Anziehen.»

Er gab mir einen Zettel mit den Öffnungszeiten der Abholung, dann wuchtete er sich das Paket auf die Schulter, und noch bevor ich die Tür wieder schloss, hörte ich, wie er damit auf dem Treppenabsatz das Fenster rammte.

«Schade», sagte Maria, als ich schließlich allein und wieder in meinem Pyjama zurück ins Schlafzimmer kam, «ich hatte mich schon auf ein kleines Gemetzel gefreut.»

Sie zog ihren rechten Arm unter der Decke hervor und machte Muskeln, aber obwohl sich ihr Bizeps durchaus beeindruckend aufwölbte, glaubte ich nicht, dass sie damit im Ernstfall in Sonjas Gewichtsklasse viel würde ausrichten können.

«Ein Nachbar», sagte ich, «nichts Wichtiges.»

Maria ließ ihren Arm sinken und schlug die Decke beiseite.

«Gut», sagte sie, «dann lass uns singen gehen.»

Wir zogen uns an und kauften für unterwegs eine Tüte mit Brötchen und Croissants, aber als wir im Pflegeheim ankamen, hatten wir nichts davon angerührt. Maria stellte den Motor ab, und nachdem sie einige Sekunden schweigend auf dem Fahrersitz verharrt hatte, ging sie nach hinten. Ich sah ihr dabei zu, wie sie ihr Paillettenkleid aus dem kleinen Schrank neben dem Waschbecken nahm und es zweimal kurz ausschlug, dann begann sie sich umzuziehen.

«Du kannst auch so», sagte ich.

Maria schüttelte den Kopf.

«Nein», erwiderte sie, «kann ich nicht», und als wir wenig später gemeinsam durch den Eingang ins Haus gingen, hielt sich Mireille Mathieu bei mir untergehakt, und es fehlte nicht viel, und ich hätte mit höfischer Geste ins staunende Volk gewinkt, das sich entlang unseres Weges zum Fahrstuhl aufreihte und verneigte. Ja, verneigte, ein kleiner Mann mit Stock senkte tatsächlich seinen Kopf und flüsterte «nein, so was», immer wieder «nein, so was», und als wir uns bereits im

Fahrstuhl stehend noch einmal nach ihm umdrehten, reckte er seinen Stock in die Luft, als gälte es, einen Sieg zu feiern.

«Du bist eben doch ein Star», sagte ich zu Maria, nachdem sich die Tür des Fahrstuhls geschlossen hatte und wir mit einem leichten Rucken unter unseren Füßen losfuhren.

«Sag ich doch. Vielleicht hat er aber auch einfach nur eine Nutte in mir gesehen?»

Ungläubig sah ich Maria an, sie lachte.

«Oder was würdest du denken, wenn du mitten am Tag jemanden mit einer aufgetakelten Frau am Arm hier hereinstolzieren sehen würdest? Also ich würde denken, da wird für einen der alten Herren ein bisschen Vergnügen ins Haus geschleppt.»

Maria ließ meinen Arm los und betrachtete sich kurz im Spiegel, der die gesamte Rückwand des Fahrstuhls einnahm und der an manchen Stellen schon ein wenig blind war. Sie zupfte sich ein paar Strähnen ihrer Perücke zurecht und kontrollierte den Sitz ihres Paillettenkleids.

«Wird's ja auch», sagte sie, «und sogar umsonst. Wenn das der kleine Mann da unten wüsste, würde er komplett austicken.»

Maria drehte sich zu mir um und lächelte mich an. «Fertig», sagte sie, «von mir aus können wir.»

Der Fahrstuhl blieb mit einem abermaligen Rucken stehen, und als die Tür aufging, schauten wir direkt auf ein frisch gemachtes Bett, über das eine Plastikfolie geschlagen war. Ich sah die «31», die auf Höhe des Kopfkissens aufgemalt war, und im selben Moment hatte ich wieder die Stimme der Schwester im Ohr. Ihre Stimme und das Piepen im Hintergrund, das sich mehr und mehr entfernte und schließlich verstummte, und obwohl ich nicht wusste, wer in der

31 gestorben war, versetzte mir der Anblick des leeren Betts einen Hieb in den Magen. Vielleicht, weil ich beim Sterben mit dabei gewesen war, vielleicht auch nur der kühlen Sachlichkeit wegen, mit der man den Tod hier im Flur ausstellte. Erst auf den zweiten Blick bemerkte ich, dass man noch etwas anderes auf die Plastikfolie notiert hatte. Einen Namen, leicht verschmiert, «Schemmer» oder «Schimmer», der schon jetzt den nächsten Tod in diesem Bett markierte, noch bevor sich der neue Bewohner darin ein erstes Mal schlafen gelegt hatte.

«Keine Ahnung, was das wird», sagte ich.

«Das weiß man nie», erwiderte Maria, «aber wenn man es nicht ausprobiert, bekommt man es auch nie heraus.»

Sie nahm mich am Arm und zog mich aus dem Fahrstuhl in den Flur und, als würde sie sich auf Anhieb auskennen, weiter in Richtung der Patientenzimmer.

«Ganz hinten», sagte ich, und als wir kurz darauf am Pausenraum der Schwestern vorbeikamen, schien es mir, als würde dort drinnen binnen Bruchteilen von Sekunden alles Leben erstarren. Das Palaver, das uns kurz zuvor noch durch den Flur entgegengeschwappt war, verstummte, eine plötzliche Stille, die nur durch das Klacken von Marias Absätzen auf dem Linoleumboden durchbrochen wurde, der eine lauter als der andere, als würde sie hinken.

«Noch Zweifel?», flüsterte Maria.

Sie verlangsamte ihren Schritt, ließ sich aber schon im nächsten Moment bereitwillig von mir weiterziehen, und als wir Sekunden später vor dem Zimmer meines Vaters ankamen, zögerte ich nur kurz, bevor ich die Klinke herunterdrückte und mich zusammen mit Maria ins Zimmer schob.

Mein Vater saß angezogen in seinem Sessel und hatte die

Beine auf einem kleinen Hocker aufgestellt, den ich nie zuvor in seinem Zimmer gesehen hatte. Neben ihm auf dem Tisch stand das Tablett mit seinem Frühstück, vom dem er außer einem Streichkäse und einer Scheibe Knäckebrot nichts übrig gelassen und das er nach dem Essen sorgsam aufgeräumt hatte.

Er musterte erst mich, dann Maria, und nickte schließlich anerkennend mit dem Kopf.

«Sie sind ein Showtalent», sagte er, «das sehe ich gleich.»

Ich wusste nicht, woher mein Vater dieses Wort nahm, und war mir sicher, dass er es nie zuvor in seinem Leben benutzt hatte, aber jenseits dessen, was ich wusste und was nicht, kamen mir seine Begrüßungsworte wie ein Versprechen vor. Wie es schien, war er Maria gewogen, was mehr konnte man für den Anfang erwarten. Doch als sie kurz darauf zu singen begann, versank er binnen Sekunden in seine altbekannte Apathie. Die Augen geschlossen, rutschte sein Kopf zur Seite ins Ohr seines Sessels, und wie so oft war mir nicht klar, ob er noch irgendetwas von dem wahrnahm, was um ihn herum geschah. Maria freilich ließ sich davon nicht beeindrucken. Sie sang *Es geht mir gut, Chéri* und direkt danach *Hinter den Kulissen von Paris*, und sie tat es, als hätte sie einen vollen Saal vor sich, einen vollen Saal mit glücklichen Gesichtern, vor denen sie sich nach jedem Lied artig verbeugte, auch das vergaß sie nicht.

Maria sang ohne Begleitung. Wir hatten ihre Anlage im Wagen gelassen, und zum ersten Mal glaubte ich, ein paar Unreinheiten in ihrer Stimme zu bemerken, die ihre *groupe plastique* bislang immer kaschiert hatte. Manchmal ein kurzes Wegkippen, wenn sie in höheren Lagen sang oder einen Ton länger, als ihr lieb war, halten musste, aber letztlich machten diese kleinen Verschiebungen ihre Stimme für mich nur noch anziehender. Möglicherweise hatte Maria recht, und ihr Gesang hielt dem Mireille Mathieus in Wahrheit nicht stand, doch was bedeutete das schon. Es bedeutete nichts für mich, und noch weniger bedeutete es etwas für meinen Vater, der gewiss keine Erinnerung an Mireille Mathieu hatte, nicht an sie und nicht an ihre Stimme, und vielleicht war der Umstand, dass er in seiner Welt nichts mehr miteinander vergleichen musste, eine der wenigen Sachen, um die man ihn beneiden konnte.

«Weißt du», flüsterte Maria mir nach ihrer zweiten Verbeugung zu, «dass du ihm ähnlich siehst?»

Sie lächelte mich kurz an, aber noch bevor ich darüber nachdenken konnte, ob ich mich über ihren Befund freuen sollte, begann sie mit ihrem dritten Lied, *Aloa-he*, und auf einmal kam wieder ein bisschen Leben in meinen Vater. Er richtete den Kopf auf und öffnete seine Augen zu schmalen, argwöhnischen Schlitzen, ein Gesichtsausdruck, den ich von ihm zu kennen glaubte und der mir weit mehr in die Vergangenheit zu gehören schien als in sein jetziges Leben. Vielleicht, so dachte ich, würde er schon im nächsten Moment Marias Konzert beenden, indem er ihr eine seiner Unflätigkeiten entgegenschleuderte oder sein Tablett vom Tisch fegte oder, schlimmer noch, abermals um Hilfe rief, aber nichts dergleichen geschah. Er saß einfach nur da und sah ihr aus seinen Augenschlitzen zu, und auch als die Tür aufging und Dr. Janson mit zwei grimmigen Pflegern im Gefolge hereingestürmt kam, ließ er sich davon nicht ablenken. So wenig wie Maria, die einfach weitersang und ihre drei neuen Konzertbesucher lediglich mit einem beiläufigen Nicken bedachte, ein Nicken, das immerhin Dr. Janson mit einem Lächeln erwiderte. Die zwei Pfleger an seiner Seite aber scharrten mit den Füßen wie Bluthunde und schienen nur darauf zu warten, von der Leine gelassen zu werden und dem Treiben vor ihren Augen ein Ende zu setzen, ein Kommando, das nicht kam, und als der Kleinere der beiden irgendwann von sich aus die Initiative ergriff, hielt ihn Dr. Janson im letzten Moment zurück.

«Lassen Sie», hörte ich ihn dem Pfleger zuzischen, der sich mit einer Mischung aus Unverständnis und Enttäuschung zu ihm umdrehte, trotz allem noch immer zum Sprung bereit, und als er von Dr. Janson wenig später zusammen mit seinem Kollegen aus dem Zimmer gedrängt wurde, bildete ich mir ein, ihn knurren zu hören. Dr. Janson selbst drehte sich an der Tür noch einmal zu uns um und deutete eine kleine Verneigung an, und obwohl seine Geste gewiss nicht mir, sondern Maria galt, verneigte ich mich zurück und murmelte einen Dank in seine Richtung, und schließlich waren wir wieder allein.

«Ich glaube», flüsterte Maria mir zu, «dein Vater mag keine französischen Lieder.»

Sie hatte ihr drittes Lied beendet und lehnte sich kurz neben mich gegen die Wand. Mein Vater saß unverändert und machte seine Schlitzaugen, und für einen Moment glaubte ich, er würde nicht mehr atmen, doch dann sah ich, wie die Finger seiner rechten Hand auf der Armlehne des Sessels schabten, eine Bewegung, die mir über die Jahre so vertraut geworden war, dass ich sie kaum mehr wahrnahm.

«Also gut», sagte Maria, «versuchen wir es mal damit.»

Sie drückte sich von der Wand ab und brachte sich erneut vor ihm in Position. Ein wenig breitbeinig und auch sonst bemüht, alles Mireille-Mathieu-hafte abzulegen, alles, außer ihrem Kleid und ihrer Perücke, und als sie im nächsten Moment begann, *Back to black* von Amy Winehouse zu singen, war mir nicht recht klar, ob sie sich am Original oder an einer Parodie versuchte. Maria, so schien mir, gab alles, um verrucht und böse auszusehen, aber Maria war nicht verrucht und böse und sah auch nicht so aus, und obwohl sie ihre Stimme gegenüber ihren vorherigen Liedern um eine Oktave absenkte und sich sichtlich bemühte, nach zwei Flaschen Whisky zum Frühstück zu klingen, scheiterte auch das auf der ganzen Linie. Ich merkte, dass mir Marias Auftritt unangenehm wurde, und war froh, dass wenigstens Dr. Janson nicht mehr im Zimmer war, aber als ich nach einigen betretenen Sekunden zu meinem Vater sah, schaute ich in ein lächelndes Gesicht. Er hatte aufgehört, mit den Fingern auf der Armlehne seines Sessels zu schaben, und klopfte stattdessen einen falschen Takt, die Augenschlitze geöffnet zu einem fast kindlichen Staunen.

«Das hat Rasse», sagte er laut und zu mir gewandt, als Maria mit ihrem Lied fertig war, «sagen Sie das ruhig einmal Ihrem Chef.»

Ich nickte. «Das ist Maria, sie singt heute nur für dich.»

«Oh ja», erwiderte mein Vater, «das will ich meinen.»

Er schlug ein paar Mal vor Freude mit der flachen Hand auf die Armlehne und beugte sich kurz darauf mühevoll ein paar Zentimeter in seinem Sessel nach vorn, als wollte er noch etwas Vertrauliches hinzufügen, aber schon im nächsten Moment schien es ihm wieder entfallen zu sein, und er ließ sich zurück gegen seine Lehne sinken.

Maria sang zwei weitere Lieder, die nach Amy Winehouse klangen und die ich nicht kannte, und schließlich war mein Vater eingeschlafen.

«Er mag dich», sagte ich.

Maria legte ihren Arm um mich und zog mich ein wenig zu sich heran, und nachdem wir so eine Weile Seite an Seite gestanden und meinen schlafenden Vater betrachtet hatten, sagte sie: «Ich wette, er war nicht immer so.»

«So dement?»

«Nein, so sanft. Ich glaube, das war kein leichter Vater.»

Ich hob die Schultern und berührte dabei kaum merklich mit dem Oberarm ihre Brust.

«Welcher Vater», sagte ich, «ist das schon?»

Ohne eine Erwiderung Marias abzuwarten, schälte ich mich aus ihrem Arm und bestrich mir die vom Frühstück übrig gebliebene Scheibe Knäckebrot und setzte mich damit auf die Kante des Betts. Vor dem Fenster hüpfte ein Spatz die Balkonbrüstung entlang und schaute zu uns herein, aber was er sah, schien ihn zu langweilen, und er flog weiter. Erst jetzt bemerkte ich, dass man den Balkonstuhl, auf dem ich bisweilen saß, mit einer Plastikfolie überzogen hatte, gerade so, als sei das Jahr bereits überstanden. Ich ertappte mich dabei, wie ich begann, die Folie nach einer aufgemalten «29» abzusuchen, aber ich fand nichts, keine Zahl und keinen Namen, ein Umstand, der mich auf unbestimmte Art beruhigte.

«Mein Vater», sagte Maria, «ist gestorben, als ich fünfzehn war. Danach habe ich mich immer in Männer verliebt, die ungefähr so alt waren wie er. Mit dreien davon war ich verheiratet, einmal vier, einmal zwei und einmal dreieinhalb Jahre lang. Den letzten habe ich erschlagen, dafür saß ich genau sieben Jahre, einen Monat und siebzehn Tage im Gefängnis. Das ist so ungefähr mein Leben.»

Maria hatte leise gesprochen, und ich versuchte mir einzubilden, eine andere hätte ihre Sätze gesagt, eine Radiostimme oder eine Besucherin im Nachbarzimmer, die Wände im Altenheim waren dünn. Ich schwieg, ich nickte, ich sah zum Fenster und suchte nach einem neuen Spatz, dem ich beim Hüpfen zusehen konnte. Aber da war kein Spatz, und da war auch sonst nichts, gegen das ich Marias Sätze hätte eintauschen können, nichts, außer einem Glucksen der Heizung, das schon vorher dagewesen war und das für nichts taugte, noch nicht einmal dafür, davon gestört zu werden, so leise war es. Ich wandte meinen Blick vom Fenster ab und sah Maria an. Sie wirkte klar und entschlossen und trotz allem seltsam fragil. Ihre Hände zitterten ein wenig, wie auch ich ein wenig zitterte, «ich dachte», sagte Maria, «du solltest das wissen.»

«Warum jetzt?»

«Vielleicht willst du nicht, dass so jemand wie ich für deinen Vater singt. Dann wäre es gut, wir hören damit auf.»

«Und was, wenn ich dir das alles gar nicht glaube?»

«Dann ist mir das auch recht. Vielleicht wäre das sogar das beste. Auch wenn ich dann ein bisschen wie eine Hochstaplerin dastehe, aber das bin ich ja ohnehin.»

Noch einmal schaute ich zum Fenster und sah, dass der Spatz zurück war. Anders als zuvor hüpfte er nicht, sondern saß unbewegt auf der Ecke des Geländers und wandte uns den Rücken zu, und irgendwie kam er mir traurig dabei vor. Ein trauriger, über sein Leben nachsinnender Spatz, dem alle Lust am Hüpfen vergangen war. Ich sah ihm beim Dasitzen zu und begann gerade selbst traurig und nachsinnend zu werden, als ich aus den Augenwinkeln sah, wie Maria auf mich zukam.

«Und warum ausgerechnet Mireille Mathieu?», fragte ich.

Maria lachte und setzte sich neben mich auf die Bettkante.

«Das wüsste ich auch gerne, ich fürchte, ich mag sie einfach. Außerdem ist sie eine Marktlücke, zumindest in Altenheimen.»

«Eine Marktlücke», wiederholte ich ein wenig abwesend und hörte, wie sich draußen auf dem Flur erneut Schritte näherten und kurz vor dem Zimmer innehielten, aber niemand klopfte und niemand öffnete die Tür, und schließlich gingen die Schritte weiter. Augenblicke später wachte mein Vater auf. Er schrak hoch, als käme er direkt aus einem Traum, doch als er Maria und mich nebeneinander auf seiner Bettkante sitzen sah, lächelte er wie ein vom Leben verwöhnter Mann.

«Nur zu», sagte er, «Sie sind noch jung.»

Maria griff nach meiner Hand und drückte sie kurz, dann stand sie auf.

«Heute dürfen Sie sich etwas wünschen. Sie wünschen sich ein Lied, und ich singe es für Sie.»

Mein Vater musterte sie einige Sekunden, dann zwinkerte er ihr zu. «Das könnte Ihnen so passen. Mich hier in Schwulitäten bringen.»

Er hob die Hand und fuchtelte ein wenig mit ausgestrecktem Zeigefinger in der Luft herum, dann lachte er. Ein raues, altes Lachen, das immer wieder wegbrach, das aber dennoch nicht ohne Kraft war.

«Keine Angst», sagte Maria, «ich singe nur. Um die Schwulitäten müssen sich andere kümmern.»

Mein Vater nickte, und ich glaubte zu erkennen, wie er über Marias Worte nachdachte. Ich wusste nicht, wann ich ihn zuletzt so gesehen hatte, oder besser, wann zuletzt ich ihm zugetraut hatte, über irgendetwas nachzudenken, und ich begann, Maria um ihre Unbefangenheit zu beneiden. Vielleicht war es kein gewöhnliches Gespräch und mein Vater mit seinen Antworten nicht sonderlich treffsicher, aber was spielte das schon für eine Rolle. Maria und er unterhielten sich, etwas, das ich in den letzten Jahren kaum je versucht hatte. Stattdessen hatte ich mich auf den Balkon verzogen und meinem Vater durch die Scheibe dabei zugesehen, wie er mit Momo spielte, manchmal noch nicht einmal das. Auch jetzt, keine zwei Meter voneinander entfernt, kam es mir vor, als stünde eine Scheibe zwischen uns, eine Scheibe, die den Besucher Epkes vom Patienten Epkes trennte und hinter der mein Vater fröhlich war wie selten, wenn er mit Menschen zu tun hatte.

«Viel», sagte er, «hätte nicht gefehlt, und sie hätten mich nicht wieder gehen lassen. Besser man ist da vorsichtig.»

«So ist es», erwiderte Maria und nickte ernst, «genau so ist es», dann begann sie erneut zu singen. Sie sang ein Lied, das ich nicht kannte und das entfernt nach Caterina Valente klang, aber nach ein paar Takten brach sie ab und bedeutete mir mit ausgestrecktem Arm, mich neben meinen Vater zu setzen.

«Ich hätte gerne mein ganzes Publikum im Blick», sagte sie, und als ich nicht sofort reagierte, nahm sie einen der Stühle vom Tisch am Fenster und stellte ihn eigenhändig neben den Sessel meines Vaters.

Ich zögerte weitere Sekunden, aber schließlich stand ich von der Bettkante auf und setzte mich zu ihm. Maria nickte zufrieden, und auch mein Vater nickte, wenngleich nicht in meine Richtung, und im selben Moment, da Maria ihr Lied wieder aufnahm, begannen seine Finger erneut auf der Armlehne zu schaben. Marias Lied war leicht und hüpfend und möglicherweise für meinen Vater zu schnell. Sein Mund malmte, als gälte es, ein zähes Stück Fleisch zu Brei zu kauen, und als er kurz darauf abrupt damit aufhörte und stattdessen begann, mit den Zähnen seine Unterlippe zu traktieren, brach Maria ihr Lied ein zweites Mal ab. Sie ging zu meinem Vater und legte ihm eine Hand auf die Schulter und machte weiter nichts, genug, um sein Gesicht wieder ein wenig zu entspannen.

«Gibt es ein Lied», sagte sie leise zu mir gewandt, «das er früher gern gehört hat?»

Ich schüttelte den Kopf. «Mein Vater kennt keine Musik.»

«Blödsinn», erwiderte Maria, «jeder Mensch kennt irgendwelche Lieder, streng dich mal ein bisschen an!»

«Na gut», sagte ich und dachte nach, aber so sehr ich mich auch bemühte, mir fiel nichts ein. Natürlich hatte mein Vater in seinem Leben Musik gehört, aber wie sollte ich wissen, welche Lieder im *Adlerkeller* im Radio gelaufen waren, wenn er dort auf dem Heimweg von der Tischlerei sein Feierabendbier getrunken hatte, und welche, wenn er nach dem Tod meiner Mutter die Supermarktregale entlanggegangen war. Ich wollte mein Nachdenken, das ohnehin keins war, gerade einstellen, als mir urplötzlich doch noch eine Idee kam. Ich wog sie einen Moment, dann sah ich zu Maria auf und nickte ihr zu.

«Weihnachtslieder», sagte ich, «wir haben Weihnachtslieder gehört.»

Maria war begeistert. «Welche? Sag schon, was genau habt ihr gehört?»

«Keine Ahnung, *Leise rieselt der Schnee*, *O du Fröhliche*, *Ihr Kinderlein kommet*, so was halt.»

«Ja, ja», erwiderte Maria, «die hört jeder, aber welches mochte er am liebsten?»

Noch einmal dachte ich nach und sah nun sogar eine der Plattenhüllen vor mir, Reihen schwarz befrackter Jungen mit weißen Krägen und aufgerissenen Mündern, der Tölzer Knabenchor, auch das fiel mir mit einem Mal wieder ein.

«*O Tannenbaum*», sagte ich, «ich glaube, damit hat die Platte angefangen.»

Maria nickte. Erneut stellte sie sich vor meinem Vater auf, und nachdem sie sich einen Augenblick lang gesammelt hatte, begann sie zu singen. Ich sah kurz zu ihr, dann zu meinem Vater, den in der Tat ein kurzer Moment des Wiedererkennens zu durchzucken schien, und auf einmal waren auch meine Erinnerungen wieder da. Erinnerungen an meine Eltern vor dem Weihnachtsbaum, an das immergleiche dunkelrote Samtkleid meiner Mutter, das sich festlich schimmernd um ihre Körperwülste raffte, und den immergleichen Protest meines Vaters, der nicht einsah, sich an Weihnachten etwas anderes anzuziehen als sonst, und daran, dass er am Ende doch immer ganz gerührt in die Kerzen schaute und uns beide mit festen Händen fasste, «schaut her», sagte er dann, zuverlässig wie das Kleid meiner Mutter, «wieder ein Jahr.» Dazu der Gesang der Tölzer Knaben, der alles in wolkigen Kinderkitsch hüllte, und nur daran, wo Pschorri während all dessen saß, erinnerte ich mich nicht mehr.

Wenn die Platte zu Ende war, nahm sie mein Vater sorgsam vom Plattenteller und schob sie wie eine Preziose zurück in die Hülle, wo sie ruhte bis zum nächsten Heiligen Abend, dann aßen und stritten wir, und erst wenn wir damit fertig waren, packten wir Geschenke aus. Geschenke meiner

Eltern für mich und von mir für meine Eltern, sie selbst schenkten sich nie etwas, «wir haben doch uns», sagte meine Mutter, ein Satz, dem ich schon früh begonnen hatte zu misstrauen.

Maria sang *O Tannenbaum* zu Ende und fügte nahtlos *Ihr Kinderlein kommet* an, und als ich zu Beginn von *Stille Nacht* erneut zu meinem Vater sah, blickte ich direkt in seine Augen. Ich wusste nicht, wie lange er mich schon so anschaute, fest und dennoch auf eine eigentümliche Art zärtlich, ein Blick, den ich so nicht von ihm kannte und der doch, ich war mir sicher, mich meinte. Vielleicht schaute auch ich zärtlich, zärtlich und verwundert, was immer das hier war, es war nicht das, was ich sonst mit ihm erlebte. Mein Vater schob sich ein wenig auf dem Sessel zurecht und beugte mir seinen Oberkörper einige Zentimeter entgegen, Augenblicke später griff er nach meiner Hand. Ja, mein Vater legte seine Hand auf meine, überraschend warm und überraschend schwer, dabei fast beiläufig und ohne jedes Pathos, gerade so, als gehörten Gesten wie diese zu unseren Alltagsritualen, ein ungebrochener Strom von Bezeugungen unserer Nähe. Ich sah zu Maria, die übergangslos die zweite Strophe anstimmte und die sich selbst gerade ein bisschen in ihren Gefühlen zu verlieren schien, und vielleicht wurde mir erst in dieser Sekunde wirklich bewusst, was gerade geschah.

Unsere Hände ruhten noch immer aufeinander, als Maria mit *Stille Nacht* zu Ende war, drei Strophen oder vier, irgendwann hatte ich aufgehört zuzuhören. Sie fing kein neues Lied an, sondern ging stattdessen zum Fenster und schaute hinaus. Ich wusste, was sie dort sah, einen grauen Park, über dem ein grauer Oktoberhimmel hing und in dem im besten Fall ein paar graue Menschen spazierengingen, aber ich glaubte, dass sie ohnehin anderes im Sinn hatte. Ihre Pause galt mir und meinem Vater, unserem Händehalten, unserer plötzlichen Nähe, und erst jetzt fiel mir wieder ein, dass *Stille Nacht* auch auf unserer Platte das letzte Lied gewesen war, das letzte Lied, das wir vor dem Weihnachtsessen immer gehört hatten. Ich sah zu meinem Vater, der mir kaum merklich zunickte, und wartete insgeheim schon darauf, dass er seinen obligatorischen Weihnachtssatz sagte, aber mein Vater schwieg und nickte mir ein zweites Mal zu, und als ich schon nichts dergleichen mehr erwartete, sagte er: «Mein Gott, das waren noch Zeiten.»

«Ja, ja», erwiderte ich überschwänglich, «das waren Zeiten, unsere Zeiten waren das.»

Ich legte meine freie Hand auf die meines Vaters und rückte ein gutes Stück auf ihn zu, ein Fehler, wie sich noch im selben Augenblick zeigte. Verstört zog er seine Hand aus meiner Umklammerung und brachte sie in seinem Schoß in Sicherheit, die Schultern ein wenig nach vorne gebeugt, als müsse er auch den Rest seines Körpers vor mir schützen.

«Keine Angst, Papa», sagte ich, «ich bin es doch, Paul», aber mein Vater reagierte nicht auf meine Worte, oder reagierte doch, indem er sich noch mehr in sich zusammenrollte, und als ich ihm mit der Hand vorsichtig über den Rücken strich, begann er leise zu wimmern.

«Lass uns gehen», hörte ich Marias Stimme vom Fenster, «dein Vater ist müde.»

Ich drehte mich zu ihr um und sah sie unverändert stehen, den Blick noch immer hinaus in den Park gerichtet. Sie nickte zweimal kurz gegen die Scheibe, dann drehte sie sich um und kam mit leisen Schritten auf uns zu.

«Es war mir eine Ehre», sagte sie, halb zu mir, halb zu

meinem Vater gewandt, und verneigte sich ein letztes Mal vor ihm, dann fasste sie nach meiner Hand.

«Glaub mir, ich kenne mich aus mit alten Menschen, und dieser alte Mensch hier hat für heute genug erlebt.»

«Vielleicht noch *Alle Jahre wieder*», sagte ich, «das mochte er auch immer.»

Maria schüttelte den Kopf. «Eigentlich kann ich Weihnachten nicht leiden, das hier musst du mir hoch anrechnen.»

Sie half mir auf und umarmte mich. Ich spürte ihren Körper eng an meinem, ihre Brüste an meiner Brust, ihr Geschlecht an meinem. Über ihre Schulter schauend, sah ich, wie sich mein Vater unterdessen erneut in seine inneren Welten zu verabschieden begann. Zwar hatte er seine Schultern wieder aufgerichtet, sein Blick aber schien mir schon nicht mehr wirklich anwesend zu sein.

«Ja», sagte ich, «mehr als alles andere.»

Maria lachte und schob mich von sich. «Mehr gibt's ja auch nicht, und jetzt los, die nächsten warten schon.»

Die Sonne hing bereits tief über den Häusern, als wir zurück in Bingen waren. Marias Konzert begann um halb acht, und es blieb ihr kaum mehr als eine Stunde, um sich auf ihren Auftritt vorzubereiten. Trotzdem konnte ich keine Unruhe in ihr erkennen, selbst dann nicht, als ihr Verstärker beim Soundcheck mehrere Male aussetzte und weitere zwanzig Minuten verrannen, bis der Hausmeister des Altersheims schließlich Ersatzkabel aufgetrieben hatte, die das Problem behoben.

«Ich hatte meinen Auftritt schon», sagte sie, «das hier ist nur noch die Zugabe.»

«Vielleicht ein bisschen wenig Applaus», erwiderte ich.

Maria schüttelte den Kopf und drehte noch einmal an den Reglern ihres Verstärkers, dann schaltete sie die Anlage aus und wandte sich zu mir um.

«Bei den Alten darf man nicht so sehr auf die Hände schauen, das bringt nichts.»

Sie trug nach wie vor ihre Mireille-Mathieu-Garnitur vom Vormittag, aber sie bestand darauf, sich vor dem Konzert noch einmal umzuziehen, dabei wusste ich, dass sie nur dieses eine Konzertkleid besaß.

«Künstlergehabe», sagte sie, als sie es zurück im Wagen über den Kopf zog, «besser du nimmst das nicht weiter ernst.»

«Ich nehme alles an dir ernst», erwiderte ich, «alles.»

«Idiot», sagte Maria und lachte, und ohne dass ich mit ihrem Lachen irgendetwas verband, kamen mir auf einmal ihre Worte vom Morgen in den Sinn. Die ganze Fahrt über hatte ich nicht mehr daran gedacht, jetzt aber lagen sie mir wie aufgetaut vor den Füßen. Auch dann noch, als Maria nackt und ohne Perücke vor mir stand, knochiger, als ich sie mir vorgestellt hatte, die Brüste ein wenig ausgezehrt, quer über den Unterbauch eine lange Narbe wie von einem Kaiserschnitt. Maria hob die Arme und hielt sie ein, zwei Sekunden waagrecht zur Seite ausgestreckt, dann ließ sie sie langsam zurück zum Körper sinken und begann sich wieder anzuziehen.

«Jetzt», sagte sie, «hast du das auch gesehen.»

Ich nickte oder schüttelte den Kopf oder tat beides zur gleichen Zeit. Allmählich ging mir ein wenig der Überblick verloren, was etwas zu bedeuten hatte und was nicht und was das eine letztlich von dem anderen unterschied. Maria streifte ihr Paillettenkleid über und stieg in ihre Konzertschuhe und küsste mich schließlich auf den Mund.

«Ich weiß», sagte sie, «ich überfordere dich ein bisschen, aber sonst hättest du ja auch zu Hause bleiben können.»

Ihren Mantel über dem Arm ging sie zur Tür und öffnete sie. Der Wind, der bereits unsere Fahrt zurück nach Bingen begleitet hatte, war stärker geworden und fegte ein paar Laubblätter vom Parkplatz ins Wageninnere, «bitte komm heute nicht», sagte Maria und wandte sich noch einmal zu mir um, «du wärst nur enttäuscht», dann ging sie hinaus und schloss die Tür.

Ich drehte mich zum Fenster und sah ihr nach, sah, wie sie sich schräg gegen den Wind lehnte und dabei ihre Perücke mit einer Hand festhielt, und als sie schließlich im Haus verschwand, legte ich mich hin und dachte an meinen Vater.

Die ganze Fahrt über waren Maria und ich ausgelassen gewesen wie Kinder nach der Bescherung, und vielleicht waren wir genau das. Zwei Mal fuhren wir von der Autobahn ab, um es uns gutgehen zu lassen, einmal zum Mittagessen und einmal, um Kaffee zu trinken, und obwohl wir eigentlich keinen Hunger mehr hatten, aßen wir Cremetorte mit einer extra Portion Sahne dazu. Später tastete ich unter dem Tisch mit dem Knie nach Marias Beinen, und als ich sie gefunden hatte, klemmte sie mich ein und ließ mich erst wieder los, nachdem sie bei der Bedienung noch zwei Obstwasser bestellt und um die Rechnung gebeten hatte.

«Wir hätten es auch wieder so versuchen können», sagte ich leise und ein wenig zu ihr hinübergebeugt, aber Maria wollte davon nichts wissen.

«So einen Tag darf man sich nicht verderben. Außerdem steht das Auto schlecht, und einen Grund gibt es auch nicht.»

«Irgendeinen gibt es immer», erwiderte ich, aber wie die Bedienung im Café Hornstein ließ mir auch Maria meinen Spruch nicht durchgehen.

«Ein Grund ist ein Grund, und ohne Grund ist es nur eine schlechte Idee.»

Sie zahlte, und kurze Zeit später waren wir zurück im Wagen und warteten darauf, dass er ansprang. Immer wieder drehte Maria den Schlüssel im Schloss, und als der Motor beim siebten oder achten Versuch noch immer nicht startete, lachte sie. Ein wenig höhnisch, wie mir schien, ein Lachen, das mich kränkte, und als der Wagen bei einem der nächsten Versuche schließlich doch ansprang, rollten wir ohne ein weiteres Wort zurück auf die Straße.

Nach einiger Zeit stand ich vom Bett auf und ging nach draußen. Der Wind war zum Sturm geworden und drohte mich umzuwerfen, aber letztlich schaffte ich es ohne zu straucheln bis ins Haus. Am Empfang saß ein Mann mit rundem Kopf und schütteren Haaren, der in einer Zeitschrift blätterte und mich nicht wahrzunehmen schien. Ich setzte mich in eine Sitzecke an der Fensterfront und versuchte der Stille irgendetwas von Marias Konzert abzulauschen, aber außer dem Sturm, der am Haus ruckelte, und dem dunklen Brummen eines Getränkeautomaten hörte ich nichts. Obwohl ich auf der Rückfahrt ein bisschen geschlafen hatte, überfiel mich urplötzlich eine schreckliche Müdigkeit. Ich ließ meinen Kopf nach hinten auf die Rückenlehne sinken und nickte tatsächlich binnen Sekunden ein, und als ich wieder aufwachte, fehlte mir jedes Gefühl dafür, wie lange ich geschlafen hatte. Der Mann am Empfang war verschwunden und hatte einer jungen Frau Platz gemacht, die in derselben Zeitschrift blätterte wie er und die immer wieder zwischendurch gähnte. Ich ging zu ihr und fragte sie nach dem Konzert im Speisesaal, aber die Frau wusste nichts von einem Konzert und interessierte sich auch nicht weiter dafür.

«Zu wem wollen Sie?», fragte sie mich stattdessen und legte nun immerhin ihre Zeitschrift beiseite.

Sie lächelte mich an, ein Lächeln, dem sie gar nicht erst den Anschein zu geben versuchte, echt zu sein, und das den Blick freigab auf zwei Reihen schlechter Zähne.

«Ich möchte zu gar niemandem», erwiderte ich, «ich will nur wissen, ob das Konzert noch läuft.»

Die Frau nickte. «Ihnen ist aber schon klar, wo sie sind», sagte sie, und ohne meine Antwort abzuwarten, fügte sie hinzu: «Es ist kurz vor halb elf, keine Ahnung, warum ich Sie überhaupt so lange habe schlafen lassen. Besser, Sie gehen jetzt.»

«Nein, nein», erwiderte ich, «das ist ein Missverständnis», aber die Frau schien nicht viel von Missverständnissen zu halten und griff zum Telefonhörer.

Beschwichtigend hob ich die Hände, und als die Frau davon unbeeindruckt zu wählen begann, drehte ich mich um und ging.

Ich nahm an, dass Maria längst zurück im Wagen war. Vermutlich war sie durch einen Nebenausgang aus dem Haus gegangen und schlief bereits, aber als ich die Tür aufschloss, war alles so, wie ich es verlassen hatte. Ich wusste nicht, ob ich mich um Maria sorgen sollte, und beschloss, es nicht zu tun, aber Augenblicke später sorgte ich mich stattdessen um mich. Ich dachte an ihr Telefonat vom Vortag, das sie angeblich mir ihrer Nichte geführt hatte, und kurz darauf an ihre Worte, mit denen sie sich vor ein paar Stunden von mir verabschiedet hatte. Ja, ich war enttäuscht, schon jetzt, dabei wusste ich noch gar nicht, was los war. Ich legte mich aufs Bett und verschloss die Tür von innen, so dass Maria klopfen musste, wenn sie in der Nacht zurückkam, aber Maria kam nicht zurück, nicht in der Nacht und nicht am Morgen, und als sie schließlich gegen Mittag zurück in den Wagen stolperte, machte sie den Eindruck, als hätte sie die ganze Nacht nicht geschlafen. Sie trug noch immer ihr Paillettenkleid, ihre Perücke aber hielt sie in der Hand wie einen Skalp.

«Ich hatte dich ein klein wenig früher erwartet», sagte ich, «aber schön, wenn du so viele Zugaben singen musstest.»

Maria nickte. Sie schien meinen Sarkasmus nicht zu bemerken oder gab vor, ihn nicht zu bemerken, und warf ihre Perücke auf den Tisch.

«War ein Reinfall, aber das hatte ich mir ja fast schon gedacht. Für zwei Konzerte am Tag bin ich einfach zu alt.»

«Aber für sonst nichts.»

Maria lachte. «Nein», sagte sie, «für sonst nichts.»

Sie legte sich aufs Bett und streifte sich umständlich im Liegen ihr Kleid vom Körper, dann deckte sie sich zu und war kurz darauf eingeschlafen. Schon nach wenigen Atemzügen begann sie zu schnarchen. Noch einmal dachte ich an ihre Sätze im Zimmer meines Vaters, und noch einmal wusste ich nicht, was ich damit anfangen sollte. Ich ging nach draußen und rief im Pflegeheim an, aber die Nummer der Station war besetzt, und als ich es später noch einmal versuchte, hatte ich keinen Empfang. Ich lief ohne Plan durch die Straßen und überlegte mir, den nächsten Zug zurück nach Hause zu nehmen, dabei hatte ich längst nicht mehr genug Geld für eine Fahrkarte. Noch auf der Rückfahrt von meinem Vater hatte ich versucht, an einem Bankautomaten fünfzig Euro zu ziehen, ein Versuch, der genauso ins Leere gegangen war wie der, unsere Café-Rechnung mit Karte zu bezahlen. Der Inhalt meines Geldbeutels reichte gerade noch für den griechischen Grillteller, vor dem ich wenig später saß und in dem ich ohne rechten Hunger herumstocherte, schon das Bier, das ich mir dazu hatte bestellen wollen, konnte ich mir nicht mehr leisten. Warum nur, dachte ich, hatte ich nicht auf den Grillteller verzichtet und stattdessen fünf Bier bestellt? Ja, mir war eindeutig der Sinn danach, mich zu betrinken, aber der einzige Alkohol, der für mich in erreichbarer Nähe war, waren die Reste in der Remy-Martin-Flasche in Marias Wagen, und dorthin wollte ich nicht zurück. Nicht bevor sie ihn für ihr Abendkonzert erneut verlassen hatte, aber bis dahin war es lang, zu lang, um die Zeit mit meinem Grillteller zu verbringen. Im Gegenteil konnte ich den Grillteller bald schon nicht mehr sehen und ließ ihn abräumen, und als ich kurz darauf zahlte, wartete ich vergeblich auf einen Ouzo aufs Haus.

Ohne Gruß verließ ich das Lokal. Der Wind vom Vorabend hatte sich längst gelegt, trotzdem war es nach wie vor ungemütlich draußen. Ein nassgrauer Herbsttag, wie gemacht, um ihn im Bett zu vertrödeln. Ich ging in ein Kaufhaus und schob mich ziellos durch die Abteilungen. Vorbei an Kinderspielzeug, Auslegware und Spitzenunterwäsche, und als ich schließlich im Untergeschoss vor einem Regal mit Rotweinen aus Chile stand, nahm ich, ohne weiter darüber nachzudenken, eine Flasche Syrah heraus und steckte sie in meine Manteltasche. Die Tasche war für die Flasche viel zu klein, und ich war mir sicher, schon im nächsten Augenblick von einem Kaufhausdetektiv an der Schulter gepackt und in einen neonbeleuchteten Nebenraum geführt zu werden, aber niemand behelligte mich, und als ich Minuten später zurück auf der Straße war, nahm ich die Flasche aus der Tasche und stellte sie ein paar Meter weiter einem Obdachlosen neben den Hut.

Ich zog mein Handy hervor und sah, dass Sonja mich versucht hatte zu erreichen. Fünf Mal kurz hintereinander, eine Ungeduld, die ich von ihr nicht kannte und die mir nichts Gutes verhieß. Trotzdem rang ich eine Zeitlang mit mir, sie zurückzurufen. Ich spürte, wie eine Sehnsucht in mir aufstieg, nicht nach Sonja, aber doch nach der Welt, für die sie stand, nach meiner Welt, in der ich mich noch immer auszukennen glaubte und die mir außer meinem Vater nur wenig Rätsel aufgab. Vielleicht das, wie ich weiter finanziell über die Runden kam, aber das ließ sich schon irgendwie lösen. Das Telefon noch immer in der Hand, setzte ich mich auf eine Bank, doch die Bank war kalt und nass, und als ich Sekunden später wieder aufstand, fror ich noch mehr als zuvor.

Ich steckte das Handy zurück in die Hosentasche und sah zwei Männern beim Streiten zu. Sie standen auf der anderen Straßenseite vor einer Bäckerei und schrien wild gestikulierend aufeinander ein, und bald schon hatte sich eine kleine Gruppe von Passanten um sie herum gebildet, die auf mehr zu warten schienen. Ich war erschöpft und müde und wollte zurück ins Bett, selbst dann, wenn Maria dort lag und mich an mein Warten der letzten Nacht erinnerte. Wahrscheinlich schlief sie noch immer, schlief und räkelte sich durch ihre

Träume, doch als ich zurück zum Parkplatz kam, stand sie in der offenen Tür und rauchte. Ich ging an ihr vorbei in den Wagen und zog meine nassen Sachen aus, und als ich nur noch in Unterwäsche dastand und gerade dabei war, mir aus meiner Tasche die letzten frischen Sachen herauszufingern, die ich noch hatte, spürte ich Marias Körper an meinem Rücken und kurz darauf ihre Hand auf meinem Geschlecht.

«Schlaf mit mir», sagte Maria, und obwohl sie leise sprach, klangen ihre Worte wie ein Befehl.

Ich drehte mich zu ihr um, ohne dass Maria dabei ihre Hand von meinem Schwanz nahm, und als wir kurz darauf ineinander verschlungen auf dem Bett lagen, kam mir unser Sex nicht wie die Erfüllung eines lange aufgestauten Verlangens vor, sondern lediglich wie eine weitere Eigentümlichkeit dieses Tages, nicht anders als mein dilettantischer Ladendiebstahl oder Sonjas unerklärliche Anrufflut. Maria saß auf mir und bewegte sich sehr langsam, und als ich trotzdem nach wenigen Minuten kam, ließ sie ihre Brust auf meine sinken und biss mich ins Ohr. Später lagen wir lange schweigend nebeneinander und hielten uns an den Händen, so lange, bis schon die Dämmerung in den Wagen kroch.

«Jetzt», sagte Maria irgendwann in die Stille, «hast *du* einen Wunsch frei.»

Verwundert ließ ich meinen Kopf zur Seite kippen und sah sie an.

«War das hier nicht eher mein Wunsch?»

Maria lachte. «Glaube ich nicht, zumindest nicht heute. Also, was ist?»

Ich drehte meinen Kopf zurück und blickte zur Decke. Draußen war erneut Wind aufgekommen, und obwohl wir zugedeckt lagen, fror ich noch immer. Vielleicht, so dachte ich, konnte ich Maria fragen, wo sie die letzte Nacht verbracht hatte, die Nacht und den Morgen, aber das war nicht wirklich ein Wunsch. So wenig wie die Bitte, mir mehr von ihren Ehemännern und ihrer Zeit im Gefängnis zu erzählen, Details ihres Lebens, die mich ohnehin nicht interessierten oder doch interessierten und vor denen ich mehr Angst hatte, als ich mir eingestehen wollte.

«Gut», sagte ich schließlich, «dann wünsche ich mir, dass du heute Abend nicht als Mireille Mathieu auftrittst.»

«Du meinst, ich soll das Konzert absagen?»

«Nein, du sollst alles machen wie immer, nur ohne deine Verkleidung.»

Trotz des nachlassenden Lichts glaubte ich zu erkennen, wie Marias Gesicht fahl wurde.

«Aber das geht nicht», sagte sie, «ich trete nie ohne auf.»

«Du hast mich nach meinem Wunsch gefragt», erwiderte ich, «und ich habe ihn dir gesagt. Einen anderen habe ich nicht.»

Maria richtete sich auf und lehnte sich mit dem Rücken gegen die Wand. Sie schaute zu ihrem Kleid, das noch immer am Rand des Bettes lag, und ich sah, wie es in ihrem Kopf zu arbeiten begann. Mir war klar, dass das Ganze idiotisch war, dass Maria mir nichts schuldete, zu allerletzt dafür, dass wir miteinander geschlafen hatten. Wenn schon, dann schuldete ich Maria etwas. Ich wusste, was ich ihr zu verdanken hatte, und wahrscheinlich hoffte sie mit einigem Recht darauf, dass ich meinen Wunsch wieder zurücknahm, aber ich war nicht in der Stimmung, etwas zurückzunehmen. Maria wich meinem Blick aus und schaute stattdessen zum Fenster. So verharrte sie einige Sekunden, dann stand sie auf und schlüpfte in ihren Slip, wenig später in eine schlichte Cordhose, die ich zum ersten Mal an ihr sah. Schließlich klaubte sie meine Kleider vom Boden und warf sie mir zu.

«Komm, Epkes», sagte sie, «wir müssen uns fertig machen.»

V **Maria zitterte.** Im Grunde spürte ich es mehr, als ich es sah: eine Unruhe in ihrem Gang, in der Bewegung ihrer Hände, die nicht recht wussten, wohin, und die sich schließlich ums Mikrofon krallten, als wollten sie es nie wieder loslassen. Anders als bei den Auftritten zuvor, die ich von ihr erlebt hatte, saß ich im Seitenbereich der Bühne und sah sie von schräg hinten, ohne gleichzeitig das Publikum im Blick zu haben. Maria sang ihr erstes Lied und das zweite ohne Pause hinterher, und spätestens als sie sich danach ein erstes Mal verbeugte, wusste ich, dass mein Wunsch ein Fehler gewesen war. Was ich sah, war nicht Maria ohne, sondern mit doppelter Verkleidung, eine als Maria Merz kostümierte Mireille Mathieu, die verzweifelt versuchte, ihre fehlenden Requisiten vergessen zu machen, indem sie ihre einstudierten Gesten bis zur Unkenntlichkeit überzeichnete. Ich wandte mich ab, in der Hoffnung, mich so der Peinlichkeit ihres Auftritts entziehen zu können, aber den Blick vor mich auf den Boden gerichtet, bemerkte ich, dass sich auch ihr Gesang verändert hatte. Marias Stimme war viel näher an der Mireille Mathieus als sonst, verlor dabei aber gleichzeitig jede Kontur und Eigenständigkeit, und bald schon wollte ich ihr auch nicht mehr zuhören.

Ihr Publikum freilich schien von all dem nichts zu bemerken. Anders als ich hatte es keinen Vergleich, dennoch musste irgendetwas von dem, was mit Maria nicht stimmte, doch auch bei ihnen ankommen. Aber zu meiner Verwunderung wirkte der Beifall echt und herzlich, und als Maria sich in eine kurze Pause verabschiedete, trommelten einige sogar mit den Füßen. Sie kam hinter die Bühne und ließ sich ungewohnt schwerfällig neben mich auf den Boden sinken, doch als ich ihr anbot, ihr für die zweite Hälfte ihr Kleid und ihre Perücke zu holen, wollte sie davon nichts wissen.

«Eigentlich», sagte sie, «sollte ich dich dafür hassen.»

«Und», fragte ich, «tust du es?»

Maria sah zu mir auf. «Vielleicht, aber wer weiß schon, wofür es gut ist, zwischendurch mal wieder ein bisschen an der Hölle geschnuppert zu haben.»

Ein junger Mann kam hinter die Bühne und brachte Maria eine Flasche Wasser und einen Teller mit Keksen und stellte sie auf einen kleinen Tisch nicht weit von uns.

Er verharrte einen Moment, dann drehte er sich zu Maria um und lächelte. «Das ist gut, was Sie da machen», sagte er, «sehr lustig. So was haben wir hier selten.»

Maria sah ihn an, ein Blick, dem der junge Mann nur Bruchteile von Sekunden standhielt.

«Das ist nicht gut», fauchte Maria, «und schon gar nicht lustig, und die Kekse kannst du gleich wieder mitnehmen. Kein Mensch isst Kekse, wenn er singen muss.»

Verstört murmelte der junge Mann eine Entschuldigung und nahm den Teller wieder mit, und als er außer Sichtweite war, sagte Maria: «Armer Kerl, jetzt hat er es abbekommen», dann stand sie auf und ging zurück auf die Bühne.

Sie sang *La Paloma, adé* und *Martin* und hatte gerade wieder begonnen, ein wenig zu ihrer gewohnten Stimme und Gestik zurückzufinden, als sie auf einmal mit dem Absatz ihres rechten Schuhs an einer Bodensteckdose hängenblieb und umknickte. Instinktiv machte sie eine Ausgleichsbewegung mit ihren Armen, bei der es ihr mit Mühe gelang, ihr Mikrofon in der Hand zu behalten, ihren Sturz aber konnte sie nicht mehr aufhalten. Das Ganze so lautlos, dass es mir vorkam, als wäre es fern jeder Wirklichkeit, eine Szene aus einem Film oder das Bruchstück eines Traums, und als Maria schließlich seltsam gekrümmt auf dem Boden lag, vergingen weitere Sekunden, bis sie vor Schmerzen aufschrie. Ich sprang von meinem Stuhl hoch und eilte zu ihr hin, eilte zu Maria, die abwechselnd die Augen zupresste und auf ihren rechten Knöchel deutete, «tu was», zischte sie, ohne mich dabei anzusehen, «verdammt, tu was!»

Hilfesuchend blickte ich ins Publikum, das erstarrt auf seinen Plätzen saß und sich die Hände vor den Mund, den Kopf oder sonst wohin schlug, ein Mann in der ersten Reihe gar schloss die Augen, als gälte es, den düsteren Bildern seines Lebens keine neuen hinzuzufügen. Erneut tauchte der junge Mann auf der Bühne auf und mit ihm zwei Schwestern, die sich sofort an Marias Fuß zu schaffen machten, aber Maria wollte keine Hilfe und wollte auch keinen Arzt, den eine der Frauen ihr anbot zu rufen.

«Komm schon, hilf mir hoch!», sagte sie stattdessen zu mir, und als ich sie tatsächlich kurz darauf wieder auf den Beinen hatte, bestand sie darauf, mit mir zurück zum Wagen zu gehen.

«Aber du kannst nicht gehen», protestierte ich.

«Wetten, ich kann? Und wenn nicht, dann trag mich eben!» Ihre Stimme war schrill und gleichzeitig seltsam belegt, heiser fast, ihr Gesicht gerötet wie nach einem Dauerlauf.

Maria war keine Sonja, trotzdem fragte ich mich, ob ich ihr Gewicht würde halten können, doch als ich ihren Rumpf schließlich mit beiden Armen fasste und sie anhob, fiel es mir leichter als gedacht. Ich ging mit ihr zum Rand der Bühne, und als wir sie die kleine Treppe hinunter verließen, begann das Publikum zu applaudieren. Ich war mir sicher, dass der Beifall auch mir galt, mir und meinem beherzten Zugreifen, aber für Maria schien es ausgemacht, dass das hier ihr Schlussapplaus war, ihrer allein. Wie ein Fußballspieler, der verletzt vom Feld getragen wird, winkte sie im Hinausgehen noch einmal in die Menge, «wenn es nicht so scheiß wehtun würde», flüsterte sie gegen meinen Hals, «wäre es sogar schön.»

Ich brachte sie zurück in den Wagen und legte sie aufs Bett, aber als ich wenig später mein Handy aus der Hosentasche nahm, um einen Arzt zu rufen, fasste sie mir grob in den Arm.

«Wenn du willst», sagte sie, «dann hol ein bisschen Eis, und nachher machen wir eine Binde drum, mehr macht ein Arzt auch nicht.»

«Und wenn etwas gebrochen ist?»

Unwirsch schüttelte Maria den Kopf. «Vergiss es. Außerdem habe ich keine Krankenversicherung, und wenn ich es richtig sehe, sind wir gerade nicht so richtig gut bei Kasse.»

«Aber für so was ist immer Geld da.»

«Ach ja», erwiderte Maria, «dann lass uns doch mal in dein Portemonnaie schauen. Bei mir sind es noch ziemlich genau fünfundvierzig Euro, dafür gibt dir ein Arzt gerade einmal die Hand.»

«Und die Konzerte?»

Maria lachte kurz auf und versuchte, ihre Position auf dem Bett ein wenig zu verändern, genug, um sie vor Schmerzen erneut aufschreien zu lassen. Vorsichtig legte ich meine

Hand auf ihre Stirn, und ich spürte, wie sich ihr Körper unter meiner Berührung ein wenig entspannte.

«Das sind Altenheime», sagte sie schließlich mit gedämpfter Stimme, «da hat es keiner eilig. Und jetzt geh endlich, bevor die da drinnen alles Eis in die Abendcocktails gemixt haben. Du glaubst ja nicht, was in solchen Läden gesoffen wird.»

Ich nickte und stand auf, und als ich keine zehn Minuten später zurück war, hatte ich tatsächlich eine Tüte mit Eiswürfeln dabei. Zu meiner Überraschung hatte die Frau vom Vorabend ohne weitere Nachfrage ihren Posten hinter dem Empfang für mich verlassen, und als sie kurz darauf mit dem Eis wieder auftauchte, sagte sie: «Ich habe schon davon gehört, entschuldigen Sie bitte, wenn ich gestern Abend ein bisschen barsch zu Ihnen war.»

Ich bedankte mich und ging und fand Maria schlafend, aber kaum hatte ich begonnen, die Schränke nach Geschirrtüchern zu durchsuchen, richtete sie ihren Oberkörper im Bett auf und lächelte mich an.

«Du Held», sagte sie, und nachdem ich ihr wenig später das erste Eistuch um den Knöchel gebunden hatte, legte sie ihren Arm um meinen Hals und zog mich an sich. Maria küsste meine Schläfe und verrieb anschließend die Feuchte, die sie dort zurückgelassen hatte, mit ihrer Nasenspitze.

«Ich habe vier Tage frei, das wird schon reichen, um wieder auf die Füße zu kommen. Und wenn nicht, musst du halt ran. Du hast mir das ja schließlich auch eingebrockt.»

«Ich?»

«Natürlich du. Wer wollte denn, dass ich so auftrete?»

Maria stützte sich mit den Händen nach hinten ab, aber schon im nächsten Augenblick gab sie ihre neue Position wieder auf und ließ sich langsam zurück auf die Matratze sinken, und ich glaubte zu erkennen, wie sie sich bemühte, den neuerlichen Schmerz, der ihr in den Fuß schoss, vor mir zu verbergen.

«Niemand», sagte ich, «hat dich gezwungen.»

«Natürlich nicht», erwiderte sie, «niemand zwingt mich zu irgendwas. Dich im übrigen auch nicht. Also wenn es dir zu blöd wird, hier den Samariter zu spielen, kannst du dir gerne auch anderweitig deine Zeit vertreiben, ich komme schon zurecht.»

Irritiert über die plötzliche Schärfe in ihrer Stimme rückte ich ein wenig von ihr ab und stand schließlich auf.

«Du bist ungerecht, das weißt du.»

Maria lachte trocken. «Von mir aus, aber mit ein bisschen Ungerechtigkeit im Leben muss man schon klarkommen. Und jetzt leg dich wieder hin und schlaf! Vielleicht musst du mich die nächsten Tage durch die Gegend tragen, da musst du ausgeruht sein.»

Noch einmal richtete sie sich auf und zog ihr Oberteil aus, einen schlichten Pullover mit aufgenähten Armflicken, die Cordhosen aber behielt sie an. Ich selbst schlüpfte in meinen Pyjama, und als ich wenig später zurück im Bett war, fasste Maria nach meiner Hand und drückte sie fest und lange und beinahe ein wenig verzweifelt.

Am nächsten Morgen war Maria tot. Ich hatte tief und traumlos geschlafen, und als ich die Augen aufschlug, war der Platz neben mir leer. Ich sah Maria vor der kleinen Toilettenkammer auf dem Boden liegen und eilte zu ihr hin, aber ihre Stirn war bereits kalt. Unfähig, einen Gedanken zu fassen, sank ich neben ihr auf den kleinen Läufer, der vor der

Toilette die rauen Teppichfliesen bedeckte, sank in ihn hinein, in ihn und in mich, und als ich von weit her das Klingeln ihres Handys hörte, war es so wenig Teil meiner Realität wie mein von der Nacht schmerzender Rücken und das Prasseln des Regens auf dem Wagendach. Irgendwann immerhin fragte ich mich, ob Maria wirklich tot war, und fühlte ihren Puls, aber auch ihre Handgelenke waren leblos und kalt, und als ich meine Hand flach auf ihre Brust legte, spürte ich auch dort nichts. Trotzdem wählte ich die Nummer des Notrufs, doch der Arzt, der nur wenige Minuten später auf dem Parkplatz vor dem Altersheim eintraf, wusste mir nichts anderes zu sagen als das, was mir längst klar war.

«Aber wie kann das sein», sagte ich, «sie hat sich nur den Fuß vertreten, an so was stirbt man doch nicht.»

«Den Fuß?», fragte der Arzt zurück und schien erst jetzt Marias geschwollenen Knöchel zu bemerken, der sich über Nacht bläulich verfärbt hatte, und nachdem er ihn untersucht hatte, fügte er mit ernster Stimme hinzu: «Wer bitte hat sich darum gekümmert?»

«Niemand», erwiderte ich, «sie wollte keinen Arzt.»

Er ließ Marias Fuß los und sah mich an. «Und Sie», fragte er, «was wollten Sie? Und wer genau sind Sie eigentlich? Ihr Mann?»

«Nein, ich meine, ja», stammelte ich, «nicht wirklich. Ich fahre mit ihr durch den Gegend.»

«Sie fahren mit ihr durch die Gegend», wiederholte der Arzt und dehnte seine Worte, als müsste er sich jedes einzelne davon für die Ewigkeit einprägen. «Bleiben Sie hier, ich bin gleich wieder da.»

Er verließ den Wagen und führte vor der Tür ein Telefongespräch, von dem ein paar Bruchstücke zu mir hereinschwappten. Ich verstand die Worte *Embolie* und *rechtsseitig* oder auch *rechtzeitig*, und am Ende des Gesprächs den Satz: «Ja, ich warte.» Das alles, wie mir schien, in größter Ruhe und Gelassenheit, aber als der Arzt zurück in den Wagen kam, erkannte ich auf seinem Gesicht eine flackernde Unruhe, die sich erst wieder legte, als ein Polizeiauto auf dem Parkplatz hielt und kurz darauf zwei Beamte in den Wagen traten.

«Nüsslein», sagte der Arzt nicht ohne Erleichterung in seiner Stimme und streckte den beiden die Hand zur Begrüßung entgegen, «ich dachte, Sie sollten sich das einmal ansehen.»

Der größere der beiden Polizisten, ein durchaus freundlich wirkender Mann, dessen Gesicht von einer gewaltigen Nase in zwei ungleiche Hälften geteilt wurde, nickte und bat mich, mit ihm mitzukommen.

«Sie kennen das aus dem Fernsehen», sagte er, «ein paar Fragen, alles nur Routine, in zwei Stunden sind Sie wieder hier.»

«Und Maria?», fragte ich.

«Kümmern wir uns drum», erwiderte er, «das braucht jetzt seine Zeit.»

Sein Kollege kniete unterdessen neben Maria und nahm ihren Körper in Augenschein, erkennbar darauf bedacht, sie nicht anzufassen. Ich hörte ihn tief ein- und wieder ausatmen, als wäre auch dies Teil seiner Untersuchung, und schließlich zog er ein paar Einweghandschuhe aus der Tasche seiner Jacke und streifte sie über.

«Ich habe nichts davon mitbekommen», sagte ich, «am Morgen war sie einfach tot.»

Der Polizist mit der großen Nase nickte. «Aber natürlich», sagte er, «trotzdem müssen wir uns ein bisschen unterhalten. So ist das nun einmal bei uns.»

Er wartete, bis ich mich angezogen hatte, und als ich von der Tür noch einmal zu Maria zurückschaute, bildete ich mir ein, sie atmen zu sehen. Ganz schwach nur, ein kurzes Auf und Ab ihres Brustkorbs, und auch wenn ich wusste, dass das nicht sein konnte, war ich froh, dass mit dem kleineren der beiden Beamten auch der Arzt mit ihr im Wagen zurückblieb.

Der Polizist fuhr ohne Eile. Ein einziges Mal sprach er mich von der Seite an, eine Frage, die ich nur halb mitbekam und die irgendetwas mit Marias Fuß zu tun hatte, doch als ich nachfragte, sagte er: «Egal, machen wir später.» Er grüßte aus dem Wagen, einen Mann, der an einer Fußgängerampel wartete und ihm, so glaubte ich zu erkennen, ähnlich sah, aber der Mann hatte anderes im Blick und bemerkte ihn nicht. Kurz darauf bogen wir auf den Parkplatz eines schmucklosen dreistöckigen Gebäudes ein, und als wir schließlich neben anderen Einsatzfahrzeugen zum Stehen kamen, bedeutete mir der Polizist mit einer knappen Geste seines Arms, auszusteigen.

Ich wusste nicht, wie viel Zeit vergangen war, seitdem ich aufgewacht und Maria tot auf dem Boden gefunden hatte, aber es kam mir vor, als habe sich alles, was seitdem geschehen war, binnen Sekunden vor mir abgespult, jedes einzelne Bild so verschwommen und unwirklich wie Marias Tod selbst. Der Polizist führte mich in einen kahlen Warteraum, der mit ein paar Plastikstühlen und einem Tisch möbliert war, an dessen Kanten bereits das Furnier abplatzte, an der Wand ein Bild des Bundespräsidenten, der gütig auf mich herablächelte wie auf jeden anderen, der hier saß und auf irgendetwas wartete, das in seinen Plänen nicht vorgesehen gewesen war.

«Wir holen Sie», sagte der Polizist. «Und nicht weglaufen, das mögen wir hier nicht.»

Er nickte mir zu, dann schloss er hinter sich die Tür und ließ mich in der Stille des Raumes zurück.

Ich wartete einen Moment, dann ging ich zum Fenster und sah hinaus in den Regen, der vom Wind über den Parkplatz und die angrenzende Straße getrieben wurde, ein Stück weiter der Rhein, der sich gänzlich unbeeindruckt gegen das Wetter voranschob, ein paar Schaumkrönchen nur, die man genauso gut übersehen konnte. Auf dem Parkplatz ging auf einem der Einsatzwagen das Blaulicht an. Ich wartete darauf, dass der Wagen losfuhr, aber als er sich nach mehreren Minuten noch immer nicht von der Stelle bewegt hatte und lediglich ein Polizist ein- und kurz darauf wieder ausgestiegen war, wandte ich mich vom Fenster ab und setzte mich auf einen der Plastikstühle am Tisch. Der Stuhl war kalt und hatte eine überraschend nachgiebige Lehne, und schon nach wenigen Minuten schmerzte mir der Rücken. Vermutlich, so dachte ich, war genau das sein eigentlicher Zweck, der erste Teil einer Zermürbungsstrategie, die mit einem verspannten Rücken begann und in einem tränenreichen Geständnis endete. Ich wusste, was eine Embolie war, und ich wusste auch, dass sie durch eine einfache Spritze zu verhindern gewesen wäre. Aber wer wollte mir daraus einen Strick drehen? Wer außer vielleicht ich selbst? Wahrscheinlich hatte ich in der Tat nicht alles unternommen, um Maria davon zu überzeugen, einen Arzt zu rufen. Und wie hätte sie sich schon dagegen wehren können, hätte ich es einfach getan? Immer tiefer verhedderte ich mich in Vorwürfen, umso mehr, da mir plötzlich wieder einfiel, dass Maria selbst mir die Schuld an ihrem Unfall gegeben hatte. Mir und meinem unsinnigen Wunsch, sie einmal als Maria auf der Bühne zu sehen, schutzlos und nackt wie ein frisch geschlüpfter Vogel.

Draußen riss der Himmel auf. Ich erhob mich gerade von meinem Stuhl, um noch einmal zum Fenster zu gehen, als sich in meinem Rücken die Tür öffnete. Ich drehte mich um und sah in das Gesicht eines Mannes, der müde wirkte, müde und grau, «bitte», sagte er mit überraschend heller Stimme, «wir können dann.»

Ich folgte ihm hinaus in den Flur und weiter in ein Amtszimmer, das aussah, als sei es zusammen mit ihm alt geworden. Über den Raum verteilt standen auf Rollschränken und Aktencontainern mehrere Grünpflanzen, auch sie nicht mehr jung und, wie es schien, mit dem Mobiliar bereits verwachsen, dabei sorgsam gepflegt und ohne ein einziges welkes Blatt. Der Polizist setzte sich mir gegenüber hinter seinen Schreibtisch, und nachdem er sich einen einfachen Block gegriffen und meine persönlichen Daten von meinem Personalausweis darauf übertragen hatte, schob er sich mit den Armen über den Tisch auf mich zu und lächelte mich an.

«Dann legen Sie mal los», sagte er, und als ich nicht sofort auf seine Aufforderung reagierte, fügte er hinzu: «In welchem Verhältnis standen Sie zu der Frau?»

«Zu Maria?», fragte ich zurück.

Der Polizist nickte. «Wenn Sie sie so nennen wollen.»

Ich überlegte einen Moment und spürte, wie alles um mich herum in milchigem Nebel versank. Wie sollte man nach sieben Tagen wissen, in welchem Verhältnis man zueinander stand? Wie sollte man nach sieben Tagen überhaupt irgendetwas wissen? Ein diffuser Schmerz bohrte sich in meinen Bauch, in meine Lungen, ich sah den Polizisten lächeln, noch immer lächeln, als sei sein Bild eingefroren, eingefroren wie das des Bundespräsidenten, der auch hier von der Wand blickte, wenngleich, so bildete ich mir ein, nicht ganz so gütig wie zuvor.

«Bitte», hörte ich mich flüstern, «kann ich etwas zu trinken haben?»

Der Polizist stand auf und füllte Wasser in ein schlankes Glas, auf dem Reste eines verblichenen Wappens zu erkennen waren, und nachdem ich einige Schlucke genommen hatte, ging es mir wieder ein wenig besser.

«Maria», sagte der Polizist, «war Ihr Kosename für sie?»

«Aber nein», erwiderte ich, «so heißt sie ja. Maria Merz. Marie Mercier nennt sie sich nur auf der Bühne.»

«Und was wissen Sie noch über sie?» Der Polizist sah mich an. Ein weicher, gewiss an Hunderten Verhören geschulter Blick, ein Mann, der, ich war mir sicher, nie auf etwas anderes gesetzt hatte als auf ein grundlegendes Einverständnis mit seinem Gegenüber.

«Sie hat einmal im Gefängnis gesessen», sagte ich, «aber für was, weiß ich nicht.»

Der Polizist nahm seinen Blick von meinem Gesicht und ließ ihn über ein Protokollblatt fliegen, das vor ihm auf dem Tisch lag, und als er von dort zurück zu mir schaute, schüttelte er bedächtig seinen grauen Kopf.

«Die Frau hieß Annemarie Kuhlmann, wir haben ihren Ausweis. Und im Gefängnis war sie nie.»

Er hob das Protokoll an, unter dem in der Tat ein Personalausweis lag, und als er ihn mir wortlos über den Tisch reichte, erkannte ich Maria auf den ersten Blick. Ich las den

Namen, den mir der Polizist genannt hatte, und auch ihr Geburtsdatum, das gerade einmal drei Wochen von meinem entfernt lag, und als ich dem Polizisten den Ausweis zurückgab, nickte ich und sagte: «Maria hat mir besser gefallen.»

«Herr Epkes, wir werden Ihre Bekannte jetzt untersuchen müssen. Das ist Routine, wenn die Umstände ein wenig sonderbar sind. Wir brauchen von Ihnen eine Telefonnummer und würden Sie bitten, sich zur Verfügung zu halten. Wenn die Obduktion das vorläufige Untersuchungsergebnis des Arztes bestätigt, dürfen Sie die Stadt wieder verlassen. Haben Sie das alles verstanden?»

Ich nickte und sah zum Fenster und suchte in der Scheibe nach meinem Spiegelbild, und als ich es nicht fand, senkte ich meinen Blick zum Heizkörper und weiter zu einem Paar Halbschuhen darunter, das dort mit Zeitungen ausgestopft zum Trocknen stand. Auf einer der zerknüllten Seiten erkannte ich den Rand einer Todesanzeige, auf einer anderen ein Bein mit Fußballschuhen, irgendwo summte ein Türöffner.

«Herr Epkes?», hörte ich ein wenig fern die Stimme des Polizisten.

Ich nickte. Warum um alles in der Welt, dachte ich, stopfte ein Mensch nur seine Schuhe mit Todesanzeigen aus? So etwas tat man doch nicht. Langsam hob ich meinen Blick, die Lamellen des Heizkörpers entlang zum Fenster, zu meinem fehlenden Spiegelbild und schließlich zurück zu dem Polizisten, in dessen Zügen sich in der Zwischenzeit ein Hauch von Ungeduld eingenistet hatte.

«Ja», sagte ich, fester, als ich meine Stimme selbst erwartet hatte, «ich habe alles verstanden.»

Dann nahm ich den Zettel, den er mir über den Tisch zuschob, und notierte darauf meine Handynummer, und als er sie zur Kontrolle in sein Telefon tippte und es kurz darauf in meiner Hosentasche vibrierte, sagte er: «Gut, dann war es das für den Moment.»

Ich stand auf und ging hinaus, und obwohl ich keine wirkliche Erinnerung mehr daran hatte, wie ich in sein Zimmer gekommen war, fand ich zurück zum Ausgang, ohne mich einen einzigen Meter zu verlaufen. Der Regen hatte aufgehört, und auch der Wind hatte sich nahezu vollständig gelegt, und als ich zurück auf der Straße war, schien mir sogar die Sonne ins Gesicht. Ich blieb einen Moment stehen und schloss die Augen. Ja, ich hatte verstanden, was der Polizist mir gesagt hatte, insbesondere dass ich die Stadt nicht verlassen durfte, bis es Klarheit über Marias Tod gab. Darüber hinaus aber verstand ich nichts. Nicht, dass Maria mir eine erfundene Gefängnisgeschichte erzählt hatte, und noch weniger, dass sie in Wahrheit überhaupt nicht Maria hieß. Geheißen hatte, korrigierte ich meinen Gedanken, immerhin das hatte meine Realität in der Zwischenzeit erreicht, und als ich wieder am Altersheim ankam, war ich auf eigentümliche Art und Weise überrascht, dass ihr Camping-Bus noch immer unverändert auf seinem Platz stand. In meiner Vorstellung waren Maria und ihr Wagen unauflöslich miteinander verschmolzen, das eine ohne das andere nicht denkbar, wie also konnte es sein, dass er noch immer hier stand, während Maria irgendwo in der Stadt auf einem Seziertisch lag?

Schon von weitem sah ich, dass der Wagen versiegelt war. Zögerlich näherte ich mich, und nachdem ich die Tür schließlich erreicht und einige ratlose Sekunden davorgestanden hatte, erbrach ich das Siegel und trat ein. Meine

Augen brauchten einen Moment, bis sie sich an das Halbdunkel des Wagens gewöhnt hatten, dann erkannte ich die Kreidemarkierung auf dem Boden, dort, wo Maria gelegen hatte, ein schludrig gezogener Umriss, der nur mit einiger Phantasie an einen Menschen erinnerte. Ohne meinen Blick von der Kreidelinie abzuwenden, setzte ich mich auf die Kante des Betts, und erst, als ich Minuten später wieder vom Boden aufsah, bemerkte ich, dass die Polizei den Wagen durchsucht hatte. Ein paar Schubladen waren herausgezogen und wirkten durchwühlt, und als ich schließlich aufstand und nach vorne ging, lagen dort über den gesamten Fußraum verteilt Marias Kassetten. Ich sammelte sie auf und packte sie zurück ins Handschuhfach, und nachdem ich auch die restlichen Spuren der Polizei beseitigt hatte, setzte ich mich zurück aufs Bett und weinte. Noch einmal sah ich hinunter zu der Kreidelinie, die einmal Maria gewesen war, und einem plötzlichen Impuls folgend, kroch ich von der Bettkante auf den Boden und legte mich in sie hinein. Ich korrigierte meine Position immer wieder, bis ich mir sicher war, dass mich die Markierung komplett umschloss, geradeso, als sei sie soeben erst gezogen worden, um mich gezogen worden, und obwohl mir der Morgen und der Moment, da ich Maria gefunden hatte, so nur noch deutlicher vor Augen stand, wurde ich nach und nach ruhiger und hörte schließlich ganz auf zu weinen.

Als ich einige Stunden später aufwachte, lag ich nackt auf dem Bett. Ich konnte mich nicht erinnern, vom Boden aufgestanden zu sein, und schon gar nicht daran, mich ausgezogen zu haben. Meine Kleidung lag verstreut, als wäre ich in Eile gewesen, draußen war es noch hell. Ich fror und griff nach der Decke neben mir, und als ich sie über mich zog, glaubte ich, Maria zu riechen. Maria, die vermutlich längst aufgesägt und bis ins letzte Geflecht ihres Körpers hinein untersucht worden war und in der man nichts anderes gefunden hatte, als das, was vom Notarzt bereits diagnostiziert worden war, Nüsslein, dachte ich, was für ein absonderlicher Name.

Noch bevor mich die Zudecke zu wärmen begann, fragte ich mich, ob ich jemanden über Marias Tod unterrichten musste. Vielleicht ihre Nichte, wenn es sie denn gab, und wenn nicht, dann irgendjemand anderes, der auf ihrem Handy gespeichert war, aber als ich kurz darauf aufstand, konnte ich es nirgends finden. Ich vermutete, dass die Polizei es mitgenommen hatte, und auch, dass gewiss sie die notwendigen Anrufe erledigen würde, und letztlich fühlte ich mich erleichtert, so von weiteren Verstrickungen befreit zu sein. Obwohl ich nicht wusste, was ich noch zu finden hoffte, zog ich mich an und setzte meine Suche fort, aber irgendwann kam ich mir dabei wie ein Leichenfledderer vor und legte mich zurück aufs Bett. Ich sah gegen die Decke des Wagens, die von den vielen Jahren grau geworden war, grau und fleckig, und als ich wenig später erneut aufstand und begann, mit einem feuchten Lappen über die Dreckstellen zu wischen, hellte sich die Decke sofort auf. Begeistert wischte ich weiter, wischte mich von einer Ecke in die andere und wieder zurück, wischte zur Sicherheit auch noch einmal dort, wo längst gewischt war, und als ich mich nach getaner Arbeit auf die Bank am Tisch sinken ließ und mein Werk betrachtete, befiel mich eine wohlige Mattheit.

Ich beschloss, das Innere des Wagens auch sonst auf Vordermann zu bringen. Während der gemeinsamen Tage im

Bus war es mir nie aufgefallen, jetzt, da ich allein war, glaubte ich überall Unordnung zu sehen. Kleidung, Bücher, alte Zeitschriften, alles lag herum. Auch Marias Pullover lag herum, auf dem Bett, wo sie ihn am Abend ausgezogen hatte, und als ich ihn an mich nahm, um ihn in den Schrank zu hängen, roch ich den Schweiß ihres Auftritts, ihre Angst vielleicht und den Schmerz ihres verdrehten Fußes. Ich hielt ihn einige Sekunden in den Händen, dann schloss ich die bereits geöffnete Schranktür wieder und legte den Pullover in meine Tasche, und schließlich sortierte ich die Bücher auf Marias Regal über dem Bett. Zuerst alphabetisch nach Autorennamen, und als mir das Ergebnis nicht gefiel, ein zweites Mal nach Größe, beginnend mit einem Bildband über Sizilien und endend mit *Leonce und Lena* als Reclam-Bändchen, und als die so entstandene Reihe immer wieder in Richtung der kleinen Bücher umzukippen drohte, sicherte ich sie mit ein paar quergestapelten Romanen, die ich aus der Mitte herausnahm, eine Störung meiner Ordnung, die mir zumindest vorübergehend hinnehmbar schien.

Vom Altersheim zog einen Wolke mit Kantinengerüchen über den Parkplatz, und mir wurde bewusst, dass ich seit meinem griechischen Grillteller vor mehr als vierundzwanzig Stunden nichts mehr gegessen hatte. Zwar fühlte ich mich noch immer nicht hungrig und wusste um den kläglichen Rest in meinem Geldbeutel, trotzdem setzte ich mich nach einigen Minuten hinters Steuer und startete den Wagen. Ich hatte nicht vor, die Stadt zu verlassen, sondern wollte nur weg, weg von diesem Parkplatz, weg von diesem unseligen Ort, aber als ich Minuten später die Stadtgrenze erreichte, fuhr ich einfach weiter. Ich fuhr weiter, auch dann noch, als sich die Dämmerung und schließlich die Nacht über die Straßen legte, und dass nur einer der beiden Scheinwerfer funktionierte, war mir für den Moment egal.

Maria hatte mir nicht erzählt, wo ihre Tour nach Bingen für sie weitergehen sollte, trotzdem kam ich mir vor, als wäre ich bereits unterwegs zu ihrem nächsten Auftrittsort. Ja, ich fuhr auf derselben Straße, die auch sie genommen hätte, die wir genommen hätten, ihr Knöchel noch immer ein wenig dick, aber nicht weiter schlimm. Ich legte eine Deep-Purple-Kassette ein, Musik, die auch Maria für die Fahrt hätte wählen können, und fuhr dabei so schnell, dass auch das nach ihrem Geschmack gewesen wäre. Irgendwann begann ich zu frieren und drehte die Heizung bis zum Anschlag auf, aber das Gebläse knackte nur müde vor sich hin, und als ich meine Hand vor die Lüftungsschlitze hielt, spürte ich nicht den leisesten Luftzug.

Ich griff hinter den Sitz, wo ich die Mütze vermutete, die mir Maria in Remagen geschenkt hatte, und als ich sie dort nicht fand, hielt ich am Straßenrand, um im Wagen nach ihr zu suchen. Noch einmal durchkramte ich alle Schränke und Schubladen, und nachdem meine Suche auch unter dem Bett erfolglos geblieben war, hielt ich statt der Mütze auf einmal Marias Perücke in den Händen. Ja, ich hielt sie, hielt sie in beiden Händen und war bereits kurz davor, sie zu Marias Pullover in meine Tasche zu legen, als ich es mir anders überlegte und sie aufsetzte. Sie passte, als wäre sie eigens für mich angefertigt worden, und als ich mich damit im Spiegel betrachtete, fand ich, dass sie mir nicht einmal schlecht stand. Ich setzte mich zurück ans Steuer und fuhr weiter, und erst, als mir die Müdigkeit begann, die Augen zuzudrücken, lenkte ich den Wagen zwischen zwei Dörfern auf einen Feldweg und stellte den Motor ab, und nachdem ich die Türen von innen verriegelt und noch einmal alle Scheiben kontrolliert hatte, ging ich im Dunkeln nach hinten.

Wie bei unserer ersten gemeinsamen Nacht im Bus vor sieben Tagen hatte ich keine Vorstellung davon, wo ich war. Vielleicht nicht weit von dem kleinen Waldstück, an dessen Rand wir gestanden hatten, vielleicht auch Hunderte Kilometer entfernt, ich wusste es nicht. Das einzige, was ich wusste, war, dass ich Maria vermisste. Ich vermisste ihr Lachen und ihren froschgrünen Pyjama und all das, was uns gehörte und was uns nicht gehörte. Ihre Perücke noch immer auf dem Kopf, setzte ich mich aufs Bett. Trotz der Dunkelheit konnte ich ihre Umrisse auf dem Boden erkennen, und obwohl die Linien auch weiterhin nichts Menschenähnliches hatten, sah ich Maria genau vor mir. Bäuchlings mit nach hinten abgewinkeltem Arm, den Kopf leicht zur anderen Seite gedreht, eine Kraulschwimmerin, die gerade Luft holt, um schon im nächsten Moment mit einem kraftvollen Zug ihres Arms wieder einzutauchen, und nur ihre Beine, die eigentümlich eingeklemmt an ihrem Bauch klebten, passten nicht ins Bild. Ich ließ mich nach hinten fallen und schob mich hinüber auf Marias Seite, den Blick zu den Büchern gerichtet, und auf einmal bereute ich es, sie neu sortiert zu haben, ihnen Marias Ordnung entrissen zu haben, ihre Ordnung oder Unordnung, gleichwie.

Nur mit Mühe fand ich Schlaf, und als ich mitten in der Nacht aufwachte, brauchte ich einige Zeit, um zu mir zu kommen. Der Wagen wackelte ein bisschen, der Wind, dachte ich, schon wieder der Wind, aber schon im nächsten Moment hörte ich von draußen Stimmen. Undeutlich nur, zudem in einem schwer zu entwirrenden Durcheinander, aber zweifellos Stimmen, Stimmen, die zu dem Wackeln des Wagens gehören mussten, und von einer Sekunde auf die nächste war ich hellwach. Ich richtete mich auf und sah nach vorn zur Windschutzscheibe, gegen die sich ein Gesicht presste, das offenkundig gerade versuchte, etwas im Inneren zu erkennen, in der Hand ein Feuerzeug, dessen Schein, so hoffte ich, nicht bis zu mir reichte. Unfähig, mich zu bewegen, sah ich ein zweites Gesicht auftauchen, das ein wenig von der Flamme beleuchtet wurde, genug, um in ihm einen jungen Mann mit flusigem Bart zu erkennen, «egal», hörte ich eine Stimme durch die Wand des Wagens, «wir gehen da rein.» Die beiden Gesichter verschwanden, und als ich kurz darauf ein metallenes Schaben an der Tür vernahm, kam mit einem Mal Leben in mich. Ich warf die Bettdecke zur Seite und hastete an dem Schaben vorbei nach vorne und drückte mich durch die Lücke zwischen den Sitzen hindurch hinters Lenkrad.

Noch bevor ich mit meinen zittrigen Fingern den Schlüssel im Zündschloss zu fassen bekam, sah ich durchs Seitenfenster in das Gesicht des Flusbärtigen.

«Scheiße», hörte ich ihn gedämpft durch die Scheibe rufen, «da ist ne Transe drin!»

Sofort hörte das Schaben am Schloss auf, und drei weitere Gesichter tauchten um mich herum auf, alles junge Kerle, die weit mehr nach Dorf als nach Schwerstkriminellen aussahen und die mich anstierten wie einen seltenen Salamander in einem Terrarium. Ich drehte den Schlüssel im Schloss und wartete endlose Sekunden, bis das Vorglühsymbol erlosch, und als ich schließlich startete und losfuhr, versuchte keiner mich aufzuhalten. Im Gegenteil glaubte ich aus dem Wenigen, das ich von ihren Gesichtern noch wahrnahm, einen Anflug von Erleichterung herauszulesen, Erleichterung, dass auch sie ohne größeren Schaden aus einer Sache herauskamen, die ohne Plan über sie gekommen war. Trotzdem jagte ich Marias Wagen mit durchschlagenden Stoßdämpfern den Feldweg entlang, nicht wissend, wo er hinführte, und erst als er schließlich nach einigen Minuten in eine holprige, aber immerhin geteerte Straße einmündete, ging ich vom Gas und traute mich wenig später sogar anzuhalten und für einen Moment Luft zu holen. Ich schwitzte und nahm Marias Perücke ab, mit der ich eingeschlafen und wieder aufgewacht war, und nachdem ich mir ausgiebig den Kopf gekratzt hatte, setzte ich sie mir gegen jede Vernunft wieder auf. Vielleicht gab sie ja auch mir einen Rest von Schutz, der mich vor Schlimmerem bewahrte, und selbst wenn ich für den Moment nicht wusste, wovor genau ich beschützt werden wollte, ertrug ich das Kopfjucken, das mit dem Aufsetzen von Neuem begann, und fuhr weiter.

Als ich am Morgen die Augen aufschlug, war es bereits hell. Ich lag im Bett einer Raststätte, an der ich kaum eine Stunde nach dem Zwischenfall auf dem Feldweg vorbeigekommen war und die mich davor bewahrt hatte, noch einmal in dieser Nacht auf freiem Feld zu campieren. Zwar hatte ich keine Vorstellung davon, wie ich die Rechnung für die Übernachtung bezahlen sollte, aber vorsichtshalber hatte ich den Wagen schon einmal in Fahrtrichtung an der Straße geparkt, unverschlossen, auch das hatte ich bedacht. Ich griff nach meinem Handy auf dem Nachttisch, um nach der Uhrzeit zu sehen, und fand einen Anruf darauf. Eine Nummer, die ich nicht kannte, und ich zweifelte keinen Moment daran, dass sie dem grauen Polizisten gehörte, der bereits am frühen

Morgen versucht hatte, mich zu erreichen. Vielleicht, um mich noch einmal ins Präsidium zu bestellen, vielleicht aber auch, um mir mitzuteilen, dass ich die Stadt wieder verlassen dürfe.

Ich löschte den Anruf und ging hinunter in den Frühstücksraum, in dem nur noch ein einziger Tisch gedeckt war, aber als ich mich gerade setzen wollte, kam ein hagerer junger Mann aus der Küche geeilt, um mir mit heiserer Stimme mitzuteilen, dass ich zu spät sei, «um zehn», sagte er, «ist Schluss hier.» Mit einer gespielten Geste des Bedauerns machte er auf dem Absatz kehrt und verschwand in einem Nebenraum, dessen Tür er eilig hinter sich schloss, und als ich kurz darauf zum Wagen ging, um dort, wie ich an der Rezeption vorgab, mein Geld zu holen, schöpfte niemand Verdacht.

Ich war überrascht, wie geschmeidig mein Abgang verlief, überrascht von mir und meiner Chuzpe, vor dem Starten des Wagens auch noch Marias Perücke aufzusetzen, ohne dabei auch nur ein einziges Mal zum Eingang zu sehen, und erst, als ich bereits auf der Straße war und noch einmal in den Rückspiegel blickte, entdeckte ich darin den hageren Mann aus dem Frühstücksraum, der wild fuchtelnd hinter mir her rannte, wie sinnlos, dachte ich, das schafft er doch nie.

Zum ersten Mal seit meinem Aufbruch in Bingen schaute ich auf die Tankuhr und sah, dass sie auf Null stand. Der Zeiger ruhte auf einem kleinen Anschlagstift, und ich versuchte mich zu erinnern, ob ich ihn jemals in einer anderen Stellung gesehen hatte. Gut möglich, dass die Anzeige defekt war, gut möglich auch, dass ich auf dem nächsten Kilometer stehen blieb, so oder so waren meine Tage in Marias Bus gezählt. Noch einmal klingelte mein Handy. Ich spürte den Vibrationsalarm in meiner Tasche, aber ich machte mir nicht die Mühe, es herauszunehmen, und als ich es später doch tat, las ich Sonjas Namen auf dem Display. Ich zögerte, und als ich schließlich die Wähltaste drückte, dauerte es nach dem Freizeichen keine Sekunde, bis ich ihre Stimme hörte.

«Wo bist du», fragte sie, ohne eine Begrüßung von mir abzuwarten, «was ist los mit dir?»

«Mit mir?», fragte ich zurück.

«Ja, mit dir, Paul Epkes», schnaubte sie ins Telefon, «mit dir! Du tauchst einfach ab, ohne auch nur ein Sterbenswörtchen zu hinterlassen, und meldest dich kein einziges Mal. Und abheben tust du auch nicht, wenn man dich anruft, das ist scheiße, Epkes, einfach nur scheiße.»

Ich hatte den Wagen auf einem Kiesstreifen am Straßenrand geparkt, in einiger Entfernung ein paar Häuser, die sich vor einem Hügel zusammenduckten, keine Menschen, keine Tiere. Auf dem Hügel lag ein kleiner Sonnenfleck, der sich langsam bergauf bewegte, «schön», sagte ich, «es ist schön hier.»

«Epkes!», schrie Sonja ins Telefon. «Verdammt, mir geht es schlecht, und du bist nicht da.»

Ich sah die Straße entlang, an deren Ende ich ein Auto auftauchen sah, das rasch näher kam, aber noch bevor es mich erreichte, bog es in Richtung der Häuser ab, wo es vor einer Scheune anhielt, ohne dass ich jemanden aussteigen sah.

«Du kommst gerade ein bisschen ungelegen», sagte ich, «ich bin auf dem Flughafen. Meine Maschine geht gleich.»

«Auf dem Flughafen?», keuchte Sonja. «Verdammt, du bist auf keinem Flughafen. Das höre ich doch, du bist sonst irgendwo, aber auf keinem Flughafen. Und außerdem ist es auf einem Flughafen nicht schön, du musst dir deine Lügen schon ein bisschen besser ausdenken.»

«Jetzt», sagte ich, und tatsächlich, jetzt stieg jemand aus dem Wagen und ging ins Haus. Ein Mann oder eine Frau, ich konnte es aus der Entfernung nicht erkennen.

«Nimmst du Drogen?», hörte ich Sonja fragen, ein bisschen fern schon und ruhiger als zuvor. «Du klingst, als ob du Drogen genommen hättest.»

Ich nickte.

«Ja, vielleicht», sagte ich, und ohne eine Erwiderung Sonjas abzuwarten, legte ich auf und ließ mein Handy in die Hosentasche gleiten.

Sofort klingelte es noch einmal, aber ich zog es nicht mehr hervor und setzte mich stattdessen zurück in den Wagen. Ich nahm meinen Geldbeutel aus der Hosentasche und zählte 2,37 Euro, mehr, als ich gedacht hatte, und als ich wenig später an einem kleinen Dorfsupermarkt vorbeikam, kaufte ich mir ein Glas mit Knackwürstchen und zwei Brötchen vom Vortag, genug, um über den Tag und den Abend zu kommen. Am Morgen, so dachte ich, würde sich schon irgendetwas ergeben, aber am Morgen ergab sich nichts, nichts außer einem Würstchen, das ich am Abend übriggelassen hatte und das mir zu allem Unglück auch noch aus der Hand glitt und auf dem Teppich einfluste. Ich sehnte mich nach meinen guten alten Frühstückstagen im Café Hornstein zurück, nach den Enten am Teich und dem Vietnamesen, der allmorgendlich ihren Krieg schürte, und dass er Laote war, glaubte ich noch immer nicht.

Ich hatte die Nacht unbehelligt auf dem Parkplatz eines Supermarkts verbracht, und nachdem ich mir nach meinem kärglichen Würstchenfrühstück die letzten Reste von Müdigkeit aus dem Körper geschüttelt hatte, fuhr ich weiter. Immer wieder fiel mein Blick auf die abgelaufene Tankuhr, und auch wenn ich nicht wusste, für was es letztlich gut sein sollte, bemühte ich mich, Benzin zu sparen. Ich ließ den Wagen vor Kreuzungen ausrollen und vermied es auch sonst, den Motor auf Touren zu bringen, trotzdem war es irgendwann vorbei. Mit bereits aussetzender Zündung schaffte ich es gerade noch auf den Parkstreifen einer aufgegebenen Bushaltestelle, und als ich schließlich ausstieg und mit gepackten Sachen die Tür hinter mir schloss, kam mir mein Abschied überraschend kühl und sachlich vor, gerade so, als sei er von Anfang an Teil eines festgefügten Plans gewesen.

Meine Tasche in der Hand, ging ich die Straße entlang und stieß auf weitere aufgegebene Bushäuschen, die mir mit zunehmender Strecke immer verwahrloster erschienen, und als eins der wenigen Autos, die an mir vorüberfuhren, anhielt, und mir der Fahrer wortlos anbot, mich ein Stück mitzunehmen, schüttelte ich genauso wortlos den Kopf und lenkte meine Schritte abrupt auf einen angrenzenden Acker. Die Erde unter meinen Füßen war weich, bisweilen sogar schlammig, und obwohl ich ein ums andere Mal bis zum Knöchel einsank, änderte ich meine einmal eingeschlagene Richtung nicht. In der Ferne sah ich ein paar Traktoren auf- und abfahren, in einem Baum saßen Krähen, die auf irgendetwas zu warten schienen. Ich hob einen Stein auf und warf ihn in ihre Richtung, aber die Vögel störten sich nicht daran, und nur ein einziger sah für einen Moment in meine Richtung, zu kurz, um mir sicher zu sein, dass er mich meinte.

Ich ging, ohne ein einziges Mal zu rasten, und wich den Ansiedlungen, auf die ich stieß, in sicherer Entfernung aus, und erst, als sich die Dämmerung über die Felder zu legen begann, änderte ich meinen Plan und folgte einer Straße in die nächste Stadt. Vor einem Gemüseladen klaubte ich ein paar angestoßene Tomaten und zwei gänzlich unversehrte Äpfel aus einem Abfallcontainer und ließ mich damit auf einer Bank in einem kleinen Park nieder, aber noch bevor ich auch nur einen Bissen davon genommen hatte, war ich eingeschlafen.

Spät in der Nacht kamen weitere Menschen und legten sich flüsternd auf die übrigen Bänke. Im Halbschlaf folgte ich ihrem Gemurmel, ohne auch nur ein einziges Wort davon zu verstehen, und als ich am Morgen mit dem ersten Tageslicht aufwachte, waren sie bereits wieder gegangen. Erst jetzt bemerkte ich, dass der Park an ein Möbelhaus grenzte, das auf großen Plakaten mit einer Gartensitzgruppe aus Edelholz für 39,90 Euro warb. Vermutlich, so dachte ich, gehörten Menschen wie ich exakt zur Zielgruppe des Möbelhauses, Menschen, denen das Geld ausgegangen war, die aber noch immer auf einen Schlüsselreiz wie *Edelholz* ansprangen, und ich merkte, wie ich mir bereits begann, ein Leben zusammenzudenken, in dem eine Gartensitzgruppe eine Rolle spielte. Eine Gartensitzgruppe und ein Barhockerset mit Chromfüßen, für das auf einem anderen Plakat geworben wurde, und obwohl mir weder zu dem einen noch zu dem anderen wirklich etwas einfiel, wartete ich, bis das Möbelhaus öffnete, und ging mit den ersten Wartenden hinein.

Gemeinsam stiegen wir die Treppe hinauf in den 1. Stock, wo die Möbelschau begann, und schon nach wenigen Minuten hatte sich der Anfangspulk zerstreut. Obwohl ich die Möbelhauskette nicht kannte, kamen mir die Ausstellungsstücke vertraut vor. Nichts was ich an anderem Ort nicht schon einmal gesehen hätte, ein senffarbener Fernsehsessel hier, eine rustikale Schrankwand dort, ein Modell wie das im Wohnzimmer meiner Eltern. Im zentralen Fach stand ein Plattenspieler, aber als ich darauf zuging, erkannte ich, dass es nur eine Attrappe war. Die Platten im Nebenfach freilich waren echt, darunter drei mit französischen Chansons, die mir nichts sagten, und erst, als ich das Ende der Reihe schon fast erreicht hatte, stieß ich auf ein Album mit gemischten Interpreten, zu denen auch Mireille Mathieu zählte. Aus unerfindlichen Gründen schauten alle Sänger aus den Bullaugen eines Schiffs heraus und schwenkten mit dünn gezeichneten Ärmchen bunte Phantasieflaggen, Mireille Mathieu die bunteste und größte von allen, doch auf der Songliste auf der Rückseite der Hülle war sie nicht zu finden. Ich wollte die Platte gerade herausnehmen, um auf ihr selbst noch einmal die Lieder zu überprüfen, als sich aus dem Nichts ein Mann neben mich schob und seine Hand auf meinen Unterarm legte.

«Bitte», sagte er, «die Exponate nicht berühren.»

Ich drehte mich um und sah in ein blasses Gesicht, das mich ein wenig an Loos erinnerte. Ja, dem Mann stand dieselbe Weinerlichkeit im Gesicht wie ihm, aber anders als Loos verfügte er über eine Physis, die einem die Luft nahm. Seine Hand freilich, die noch immer auf meinem Unterarm ruhte, wirkte filigran wie die eines Geigers, schlanke, haarlose Finger, die in keinerlei Verbindung zum Rest seines

Körpers zu stehen schienen, doch als ich die Platte nach einigen Sekunden noch immer nicht zurück in die Schrankwand gestellt hatte, drückten sie zu, dass ich aufschrie.

«Bitte», sagte der Mann noch einmal in unverändertem Tonfall, «die Exponate nicht berühren.»

Ich nickte und versuchte mich erfolglos aus seinem Griff zu winden, und erst, als der vordere Teil meines Unterarms bereits taub zu werden begann, ließ er unvermittelt von mir ab und eilte davon. Mein Arm schmerzte, und obwohl ich ihn auf meinem Weiterweg an einem kleinen Springbrunnen kühlte, erkannte ich noch Minuten später in der Kinderabteilung jeden einzelnen Finger seiner Hand. Ich war der Aufforderung des Mannes nicht nachgekommen und trug die Platte wie einen Einkauf unter meinem Arm, und als ich sie auf einem Kinderstuhl sitzend noch einmal unter die Lupe nahm, entdeckte ich, dass sie tatsächlich mit einem Preisschild des Möbelhauses ausgezeichnet war.

Schwatzend zog eine Gruppe Frauen an mir vorbei, die mich nicht beachteten, Frauen, die aussahen, als arbeiteten sie für eine Krankenkasse oder eine Versicherung, und die keinen Blick für die ausgestellten Möbel hatten. Vielleicht, so dachte ich, waren sie kinderlos oder die Kinder waren bereits aus dem Haus oder die Kindermöbel des Möbelhauses galten unter Kennern als minderwertig, und noch bevor der Kinderstuhl unter mir zusammenbrechen konnte, stand ich auf und ging weiter. Die Platte ließ ich in einem Jugendregal zurück, das schmucklos neben einem schmucklosen Schreibtisch stand, und als ich einige Ecken weiter erneut auf die Frauen stieß, waren sie stumm und saßen aneinandergereiht auf den Barhockern von den Parkplatzplakaten und drehten sich sanft auf ihnen hin und her.

«Bitte», fragte ich einen Möbelhausmitarbeiter, der unweit der Frauen über einer Liste mit endlosen Zahlenkolonnen grübelte, «wo geht es denn zur Gartenabteilung?»

«Geradeaus», erwiderte der Mann, ohne von seinen Zahlen aufzusehen, «wenn Sie zu den Teppichen kommen, sind Sie zu weit.»

Ich nickte und folgte seinem Arm, den er zur Untermalung seiner Worte zur Seite ausgestreckt hatte, und auch wenn es im Möbelhaus keinen einzigen Gang gab, der für mehr als zehn Meter geradeaus führte, stieß ich schon bald auf Schilder, die mir den Weiterweg wiesen, alle fünf Meter eins, und als ich schließlich durch eine Flügeltür ins Freie trat, lag eine weitläufige Terrasse vor mir, die, soweit ich erkennen konnte, ausschließlich mit Gartensitzgruppen für 39,90 Euro möbliert war. Gartensitzgruppen, an denen sich hier und da Paare oder einzelne Personen niedergelassen hatten, vor sich Getränke und kleinere Speisen, die aus einem kleinen Imbisshäuschen am Ende der Terrasse zu stammen schienen, an dem ein paar Tafeln lehnten, die ich aus der Entfernung nicht lesen konnte.

Ich setzte mich an einen freien Tisch und befühlte das Holz, an dem nichts auszusetzen war, und stellte mir die Sitzgruppe bereits in meiner Wohnung vor, als ich einige Tische weiter einen Mann entdeckte, der aussah wie mein Vater. Er saß ein wenig schief, als würde er schlafen, und hatte seine nackten Füße auf einem zweiten Stuhl abgelegt, vor sich trotz der frühen Stunde ein Glas Bier und einen Schnaps, und als er unvermittelt die Augen öffnete und in meine Richtung sah, winkte er mich zu sich heran. Er wirkte frisch und im Besitz all seiner Sinne, ein gutgelaunter Vater, wie man ihn sich an einem Tag im Oktober nur wünschen kann. Ich zögerte und rückte die Perücke auf meinem Kopf zurecht, und als ich schließlich aufstand und mich mit tastenden Schritten auf ihn zu bewegte, rief er mir entgegen: «Sie trauen sich was, bei Gott, Sie trauen sich was.»

Dann lachte er. Ein endloses, dröhnendes Vaterlachen, das ich als Kind gleichermaßen geliebt wie gefürchtet hatte, doch als ich mich Sekunden später zu ihm setzte, verstummte er von einem Moment auf den nächsten. Stattdessen hörte ich ihn schwer und mühevoll atmen, so wie mein Vater bisweilen in seinem Bett schwer und mühevoll atmete, «der Pschorri», sagte ich leise, «ist jetzt aber auch schon lange tot.»

Nicht weit entfernt gibt es einen dumpfen Knall, wie von einem Vogel, der gegen eine Scheibe geflogen ist, kurz darauf das knatternde Schlagen eines herannahenden Hubschraubers, als käme er, ihn zu retten. Ich stehe auf und gehe zurück ins Möbelhaus und weiter die Gänge entlang, bis ich irgendwann zurück auf dem Parkplatz bin, über mir ein sattblauer Himmel, ein Tag ohne Makel. Ein paar Einkaufsgesichter eilen an mir vorbei, ohne mich zu beachten, rasch verlieren sich ihre Schritte in meinem Rücken. Ich senke den Blick und schaue auf den fleckigen Asphalt und weiter auf meine Schuhe, die an den Rändern dicke Erdkrusten tragen und die mir auch sonst ziemlich ramponiert erscheinen. Das Leder ist rissig geworden, an zwei Stellen löst sich bereits die Sohle vom Schuh.

Nicht mehr lange, und ich werde mich von ihnen trennen müssen.

Martin Gülich

Septemberleuchten

Roman. 128 Seiten, gebunden

ISBN 978-3-312-00443-0

In den frühen Morgenstunden eines Herbsttages begehen drei Männer am Ufer eines idyllischen Sees ein Verbrechen. Rekonstruiert wird es durch die Erzählung eines Beteiligten namens Kron. Er beteiligt sich zunächst zögernd an den Ereignissen – erst aus Furcht, das Verbrechen Gewalt könnte ihn selbst treffen, dann aber als aktiver Teilnehmer. Als er später zu den Ereignissen des Abends verhört wird, versucht er sich von jeglicher Schuld freizusprechen.

Septemberleuchten ist ein Roman über die archaische Dynamik von Angst und Gewalt und dabei ein Kriminalstück mit unwiderstehlicher Sogwirkung.

«Gülichs neuer Roman mit dem trügerischen Titel ist schmal. Aber was für eine Wucht … Eine Leseerfahrung, die nachwirkt.» Sibylle Saxer, *Neue Zürcher Zeitung*

Nagel & Kimche

Silvio Huonder

Die Dunkelheit in den Bergen

Kriminalroman. 176 Seiten, gebunden

ISBN 978-3-312-00542-0

Im Sommer 1821 versetzte ein brutaler Mord die Bevölkerung der Bündner Alpen in Angst und Schrecken. Der Verhörrichter Baron Heinrich von Mont versucht mit Hilfe zweier heimgekehrter Söldner das Verbrechen aufzuklären – in einer Gegend, die nach dem Abzug von Napoleons Truppen so gut wie gesetzlos war. Die Bergler scheinen lieber mit der Angst vor einem frei umherlaufenden Mörder zu leben, als den Gesetzeshütern aus der frisch ernannten Hauptstadt zu vertrauen.

Basierend auf einem historischen Fall treibt Silvio Huonder virtuos und temporeich einen Krimi voran, in dem finstere und wortkarge Figuren mit einer schaurig-schönen Landschaft verschmelzen.

«Huonder, der seit 1997 ... immer wieder bemerkenswerte Texte vorgelegt hat, ist inzwischen ein absolut stilsicherer, virtuoser Könner, bei dem jedes Wort ‹sitzt›.» Charles Linsmayer, *Der Bund*

Nagel & Kimche